聶 崇 永　　著

# 悲 喜 人 間
## Sad and Happy World
# 短篇小說集

# 序言

　　父母生我們兄弟姐妹8人，我老大最笨，二弟崇志最聰明，用湖南話講最「靈放」，他天生是一塊讀書的料，我讀書連高中都考不上，他輕鬆地考上了清華大學，正當他風華正茂之時，學校為了完成右派名額，把他打成右派湊數，完成了政治任務，將二弟扔到工廠裡當一名普通的工人，做粗活，二弟在這艱苦的條件下，為廠裡搞了不少技術革新，可謂殺雞用牛刀。全國最有名的高等學府就竟然這樣對待人才，是不是比我還要笨。呸！如此的高等學府不足掛齒，還是談談我自己吧。

　　我生於1936年，屬豬，其實屬豬應該是1935年，是我將陽曆與陰曆搞混了，才出現這樣的錯誤，我將錯就錯至今，沒有感覺到多一歲少一歲有什麼兩樣，聽說，外國人不喜歡別人問他的歲數，我贊成，將日子模糊掉，人活得更自在。

　　不管36年還是35年，都是中國多災多難的年代，我也難免跟著倒楣，命運多舛，人生如一根正弦曲線，連續不斷地磨難鍛鍊了我的意志，雖老精神不衰，雖摧意志更堅。這才使我有毅力與精力寫作。

　　寫作原本不是我的強項，也不愛好，中學時，我的作文成績老是在60分邊緣徘徊，寫一封家信，錯別字連篇，語言幼稚可笑，文字東歪西倒，常被老師和父母責罵。

　　我對文學的愛好，並且把寫作作為生活中主要的內容，

其原因說來真神奇，最初的推動力竟然是一個夢，是顧聖嬰的托夢。

眾所周知，顧聖嬰在文革中被造反派、紅衛兵迫害，不忍屈辱全家自殺身亡。不知為什麼，顧聖嬰的死，在我心靈上留下了揮之不去的陰影，她的幽靈一直縈繞在我的心頭。記得在提籃橋「神學院」修行時得一夢，夢見顧聖嬰在中學時期的一次鋼琴演奏會後的謝幕場景：她身穿白色的連身裙，烏亮的秀髮垂在玉肩上，纖柔的雙手提著裙邊，頻頻向台下的同學致謝，姿態楚楚動人，舞臺燈光打在她身上，晶瑩剔透，猶如皎潔的月光。驀地，她的眼睛閃爍著慘澹的神色，稍縱即逝，似乎預示到未來的噩運，我心中顫動一下就醒過來了。此夢刻骨銘心，始終難忘。後來我把這個夢的情節講給一個瞭解顧聖嬰的人聽，他說她生前就是這個模樣，連衣服打扮都絲毫不差。這真是怪事了，從未見過她的我，怎麼會有如此神奇的感應呢？也許是某種神祕的緣分吧，也許她在暗示著什麼，我驀然產生一種使命感，要為她寫一篇文章。這該死的念頭一進入我的頭腦再也甩不掉了，一直縈繞在我的心頭，使我不得安寧，好像顧聖嬰的眼光在哀求，寫吧，快寫吧。不辱使命感壓得我透不過氣來，多次我坐下來試著寫作，每次都半途而廢，我根本不瞭解顧聖嬰，光憑一個夢怎麼能寫出有血有肉的人物，放棄還是繼續。

半途而廢從來不是我的風格，我的基因裡遺傳了祖先永不言棄的頑強精神，這種精神強有力地激勵著我，在以後的幾年中，我查閱了許多關於顧聖嬰的資料，有了充實的資料，心中有底了，我又提筆寫作，然而，事與願違，文章言

不達意，寫了一大推廢話，寫成的東西全部作廢。寫作技巧不過關，休想前進一步，我本來語文基礎就差，普通的作文都寫不好，竟然接受在虛擬世界裡的一個夢，去構思鋼琴大師顧聖嬰輝煌事蹟與悲慘委屈的文章，其難度可想而知。

世上無難事只怕有心人，這是我的座右銘，憑著一股拗勁和永不言棄的精神，我開始闖寫作技巧這一難關。

先是在上海市工人文化宮詩歌班聽了兩年課，以文交友，以友學文，受益匪淺。接著又在上海文學藝術研究院學習古典文學與理論，聽了許多名家講課，學習一年，還得到一張文憑，如此這般，寫作技巧大有長進，文筆生動了，思路清晰了。此時我還沒有信心寫顧聖嬰的正式文章，決定寫一些小故事練練筆，少兒出版社故事大王有一個驚險故事欄目，我投了幾篇稿，很受小朋友歡迎，幾年來，我被評上了最受小朋友喜歡的著作，這是全國小朋友投票選出來的，一點沒有虛假，我受寵若驚，信心十足，決定將文章的品位提高一步，開始寫小說，幾年來寫了不少小說，如《多餘的人》、《染血的皮帶》、《扭曲的品格》、《血彭時》等，都沒有發表過，都是練筆之作。1989年社會上發生學生風潮，愈演愈烈，工作單位也停止工作了，大家都去看熱鬧，趁此空閒的機會，我在浦東一間陋室裡開始正式寫作顧聖嬰的文章，取名為《皎潔的月光》，一發不可收拾，寫寫停停，停停寫寫，歷時十五載，不辱使命，完成了我的心願，我的寫作技巧就是這樣鍛鍊出來的，是顧聖嬰的靈魂逼出來的，讀者們信不信由你。

我現在已經八十多歲了，回顧一生悲喜經歷，寫成了

文章，編輯成一部悲喜人間短篇小說，最後的願望就是將這部短篇小說出版。有時候出版比寫作還要難，國內意識形態控制得很嚴，絕對不會出版我那胡說八道的文章。經朋友介紹，到臺灣去出版，也只能自費出版書。

自費出版有一個最大的好處，我有絕對的自主權，編輯不能隨意修改或刪減文章字句，文章保留了原汁原味的內容，作者的喜怒哀樂一覽無餘，作者的感情沒有虛假成分，大膽講真話，對讀者和作者來說，才是最珍貴的。唯一的遺憾，就是由於作者的經濟能力有限，不能大量出版，只能出版少量的書本，如果讀者歡迎，再版是我最大的榮幸。

# 目次

# 皎潔的月光

## ▌前言——不是故事，勝似故事

　　不知為什麼，我對顧聖嬰的死感受那麼深刻，幾十年來，她的幽靈一直縈繞在我的心頭。記得在提籃橋「神學院」修行時得一夢，夢見顧聖嬰在中學時期的一次鋼琴演奏會後的謝幕場景：她身穿白色的連衫裙，烏亮的秀髮垂在玉肩上，纖柔的雙手提著裙邊，頻頻向台下的同學致謝，姿態楚楚動人，舞臺燈光打在她的身上，晶瑩剔透，猶如皎潔的月光。驀地，她的眼睛閃爍著慘澹的神色，稍縱即逝，似乎預示到未來的噩運，我心中顫動一下就醒過來了。此夢刻骨銘心，始終不忘。後來我把這個夢的情節講給一個瞭解顧聖

嬰的人聽，他說她生前就是這個模樣，連穿著都絲毫不差。
這真是怪事，從未見過她的我，怎麼會有如此神奇的感應
呢？也許是某種神祕的緣分吧。從此我就有一種使命感，想
寫一篇關於她的文章。這該死的念頭一進入我的頭腦再也甩
不掉了，它一直縈繞在我的心頭，使我不得安寧。我多次試
著寫作，每次都是半途而廢，我根本不瞭解顧聖嬰，光憑一
個夢，怎能寫得出有血有肉的她，不下功夫是不行的。以後
的幾年，我查閱了許多關於她的資料，收集了一些她在上海
舉辦鋼琴獨奏音樂會的節目單，還計畫去採訪她的父親顧高
地（平反後從青海回到上海），遺憾的是他不久就離開了人
世。我愛聽古典音樂，對鋼琴樂曲更是情有獨鍾，凡是能買
到的鋼琴樂曲的磁帶和CD，我都不吝金錢，成套購進，還
前後購置了三套音響設備，更好地領略鋼琴樂曲的妙處。為
了提高自己的音樂修養和理解音樂理論的水準，我又買了音
樂欣賞字典和有關論述音樂的書籍，潛心研究。這種研究只
能作一般的瞭解，並不深入，畢竟我要寫的是小說，不是音
樂理論文章。萬事俱備，我心想可以動手寫了，然而，事與
願違，文章仍然寫不好，原因是我的寫作水準太差。面前又
要過寫作技巧這一坎，談何容易喲！世上無難事，只怕有心
人，我這個人有股拗勁，想做的事，決不會半途而廢，絕不
言棄，我開始攀登這一坎了。先是在市工人文化宮詩歌組聽
了兩年課，以文交友，以友學文，受益匪淺，後來又在上海
文學藝術研究院學習中文古典文學歷史與理論，聽了許多名
家講課，又學了一年，還得到一張文憑。如此這般，寫作技
巧大有長進，更重要的是，思路清楚了。我把寫故事作為練

筆的開始，沒想到我的驚險故事大受小朋友的寵愛，1991年被評為最受小朋友喜歡的作者。後來我又開始寫小說，《多餘的人》《沙漠恩仇記》《被扭曲的品格》《血彭時》等，都是練筆之作。1986年我在浦東的一間陋室裡開始正式寫作《皎潔的月光》初稿，一發不可收拾，寫寫停停，停停寫寫，反覆修改，歷時十五載，才把它寫成，一個夢，折騰了我二十多年，現在總算了結了我的心願，完成了我那神奇的使命，顧聖嬰在天之靈應該有數。

　　關於小說中主人公的名字，我把「嬰」改為「音」。其一，文章主線雖然是按真實材料寫的，但出於藝術的表現手法，在顧聖嬰煤氣中毒過程中，頭腦中出現的回憶片段，增加了一些虛構情節，作了意識流的處理，來渲染悲傷、惋惜、感慨的氣氛，這是文章邏輯的需要；其二，聖嬰是她父母為她取的教名，耶穌給予她的天賦決定了她的使命——用音樂來教化人民，提高人民的素質，聖音的名字更符合她的宗旨。

# ▌正文

　　「都準備好了嗎？」顧聖音慘然地望著媽媽和弟弟，他們極其鄭重地點點頭。

　　他們穿著節日的服裝，茫然地站立在客廳中央，氣氛肅穆莊嚴。客廳的門窗都緊閉著，所有通室外的門窗縫隙都糊上了紙條，惟有通往廚房的門敞開著。

「我們坐著還是躺在床上？」

「媽媽，我們都坐在沙發上，和往常晚餐後休閒那樣。」

他們又鄭重地點點頭。

「姐姐，我們聽你的《春之聲》鋼琴小品錄音好嗎？」

她也鄭重地點點頭。

顧聖音穿著一身潔白的連衣裙，這是她出國演奏時最愛穿的服裝。她身材纖瘦，體態苗條，氣質高雅，洋溢著無窮活力的神態。此時，她那白淨的臉上籠罩著一層慘澹的暮色，眼光流露出堅定安詳的光芒，沒有絲毫猶豫的神色。她從容地走進廚房，把煤氣全部打開，然後安詳地走到母親身旁，挽著她的胳膊，一同坐在三人沙發上，弟弟照例坐在左邊的單人沙發上。他還是一個孩子，稚氣的臉上表露出莊重的神態，和姐姐一樣平靜安詳。他們三人相依為命，生同死共，誰也沒有流露出一點恐懼和傷感。要說的話都說過了，此刻，語言已是多餘的東西，只有鋼絲答錄機傳來悠揚悅耳的鋼琴聲，樂曲絮絮如語，追憶著他們闔家往日的歡欣。

愚園路宏業花園內一幢被綠蔭覆蓋的三層樓花園洋房裡，洋溢著無比歡快溫馨的氣氛，顧聖音彈奏著蕭邦的樂曲，優美的旋律從琴鍵底下跳躍出來。這位新中國最有才華的青年鋼琴家，明天就要在人民藝術劇場舉行她首次鋼琴獨奏音樂會。她的父母和小弟圍坐在鋼琴旁，沉浸在天倫之樂的幸福中。

砰！砰！砰！有人敲門，那是一種粗魯無禮掌握生殺大權的聲音。

顧聖音的父親顧高地打開了房門，站在他面前的是一隊

刑警，他們不等主人的同意就大踏步地闖進房間，為首的一個高個子刑警神色嚴峻地將一張逮捕證擺在他的前面說「你被捕了！」顧高地愕然地立在房間中央，茫然失措，呆呆地站著，一動也不動，驚駭的母親半靠在籐椅上，手中的針線遽然停止了，小弟坐在地毯上，手中的玩具滑落下來，顧聖音半轉過身體，一隻手僵硬地擱在琴鍵上，房內就如遭難的龐貝城那樣，一切都定格在1955年8月29日2時35分17秒。

「請你們相信，我沒有做過對不起國家的事情，問題一定會搞清楚的。」顧高地強忍著內心的痛苦，無限深情地對女兒說：「好好練琴，我預祝你第一次的鋼琴獨奏演出成功。」

父親被帶走了。

1955年上海高級人民法院送來了判決書：顧高地犯反革命罪判處二十年徒刑，押解青海勞改。這是發生在我們這個共和國土地上的第一樁大冤案——潘漢年案，幾千名無辜的公民被牽涉並遭到迫害。

母親傷心欲絕，整天愁眉苦臉，小弟幼稚的臉上染上了嚴肅的神情，他應有的天真消失了，家庭的歡樂和溫馨全都消失得無影無蹤，一切都被憂愁的冰霜封凍住了。

顧聖音的內心像鉛一樣沉重，她愛父親、母親和小弟，愛這個溫馨的家庭，不忍心看到這個美好的家庭就此消沉下去，基督精神在呼喚她承擔起挽救家庭的責任。她久久地坐在鋼琴旁沉思，用什麼力量來融化被憂愁的冰霜封凍的家庭，醫治親人心靈上的創傷。

顧聖音出生在書香門第，從小就受到藝術薰陶，對音

樂有特殊的愛好和敏感，未滿周歲就會閉著眼睛靜靜地臥在床上，全神貫注地傾聽母親彈奏的悠揚琴聲。五歲起就坐在琴凳上練琴，一彈就是半天。鋼琴大師楊嘉仁教授對她要求非常嚴格，一首枯燥的練習曲，常常要她反反覆覆地彈上幾百遍。顧聖音有極高的音樂天賦，從不滿足只有華麗音符、優美旋律那種嘩眾取寵的樂曲，總是力求在音樂意境中體驗和挖掘那種帶有生命活力內涵的微妙情感，她的神韻從來都是細膩深邃、朝氣洋溢、富於詩意。今天這種靈感突然中斷了，她的手指在琴鍵上點擊著，試圖發出一些音符來緩和一下這沉悶的氣氛，可是，這聲音是那麼的刻板，毫無生氣，全無韻味，她失望地蓋上琴蓋。

天意動情，一陣微風把一瓣桃花從氣窗口吹了進來，飄落在烏黑油亮的琴蓋上。這粉紅色的小傢夥，婀娜多姿，微微顫動，散發出淡淡的芬芳，恰似一個沾滿春天氣息的小精靈。顧聖音心扉顫動，靈光一閃，豁然神悟，春！春暖、春韻能融化心靈的憂霜。

她推開了窗扉，春風撲面而來，園中已是滿園春色，父親種的桃樹，花朵綻滿了枝頭，她伸手摘了一枝花苞，插在發結上，靈感即刻湧上心頭，隨手彈奏了孟德爾頌的無詞曲《春之歌》。春色萬般，她全神貫注於萬物生機盎然的意境之中，以小行板的速度起伏於高聲部，並用圓潤灑脫的和聲作琶音式的裝飾伴奏，音色清澈透明，充滿生命的朝氣；旋律純真柔和，富於春色的詩意；主題歡快爽朗，洋溢著熱烈的激情。驀地，琴聲從A大調移高五度至E大調……春賦予的生命活力表述得酣暢淋漓，如詩如畫，幽靜的湖面上點

綴著一群野鴨，它們撲打著翅膀起飛，橘黃色的蹼趾在碧綠的湖面上畫出串串漣漪，漾開圈圈生命的音符。A大調再現，中段音調在下行模進中，琴聲遠去，野鴨群在遠方滑降……。

「真好聽，再彈一遍好嗎，姐姐。」小弟走過來親熱地摟著姐姐，用頭貼著她的臉頰，那是心靈相通的感受，基督顯靈的體現，她的眼睛濕潤了，最佳狀態的她揮動著天鵝頸項般的臂膀，悠然地在幽靜的音樂湖泊上遊逛，娓娓抒訴著紫羅蘭花園的童話。

母親偷偷地抹著淚水，她也沉浸在她的愛情之春中，雖然年代久遠，仍然記憶猶新，如今，他們分隔千里，青海湖是否也有春光，仁慈的上帝啊，請把溫暖多分一些給青海湖吧。

顧聖音成了春的使者，她把莫箚特、舒伯特、柴可夫斯基等音樂大師的名曲片段和精美的小品，賦予自己特有感受的春意，全心身地用琴聲抒發出來，時而明媚豔麗，時而濃鬱蔥蘢，時而淡雅恬靜，時而蒼茫朦朧，春的意境抒發得淋漓至盡，生機勃發。她那聖潔的倩影，化成縷縷溫馨，暖和親人的心身，冰霜融化了，沉悶消極的氣氛漸漸煙消雲散了。

顧聖音竭力睜開沉重的眼簾，瞧著弟弟，他已昏昏入睡。小弟年紀還小，本不應該帶他離開這個世界，但是，讓他一人留在這個動亂的國度、寂寞的空家，他一定會孤獨、憂鬱而夭折的。

況且也瞞不過他，大人的意圖他都知道，一再表示要和

媽媽姐姐在一起，生死與共，事情也真怪，到了這個地步，撇下他一人，倒感到於心不忍。

在中西女中的50屆畢業聯歡會上，同學們沉浸在崇高激昂的音樂意境之中。蕭邦的《b小調奏鳴曲》在顧聖音的手下充滿著剛毅、果敢的力量和明朗樂觀的抒情。樂曲忽而輕盈飄忽，似乎在追憶往日的美好生活；忽而凝神沉思，似乎在對未來的夢幻。倏然，樂曲轉入堅定高昂的意境，擺脫了纏綿虛幻的夢境，精神振作地投入主宰命運的戰鬥，盡情歡呼凱旋歸來的勝利。

同學們激情昂揚，熱血沸騰，情緒高漲，即使最自卑的人，也會精神抖擻，產生不可遏制的激情，對生活充滿信心。這裡有被邀請來的聖約翰、聖芳濟學校的學生，他們第一次欣賞到如此高水準的演奏，同學們如癡如醉地向她鼓掌歡呼，她激動得熱淚盈眶，也融入了這興奮熱烈的歡呼浪潮，同享共鳴所激起的歡欣，幾乎忘了自己是大家歡呼的主體。

謝幕，再次謝幕，也不知道謝了幾次幕。她的手提著裙邊，彬彬有禮地向同學們敬禮致謝，她那黑亮的秀髮自然地捲曲在潔白的頸項上，文靜的臉上帶著稚氣的謙遜和喜悅的紅暈，儀態楚楚動人。

每次謝幕，她的眼睛總是情不自禁地和台下的一雙眼睛相遇，那是她的鄰居——聖芳濟學校的高才生，名叫謝靈韻。他的眼眸坦率、深邃，毫不掩飾地表露：我愛你，小聖音！她的心扉被丘比特的小箭射中了，面頰泛起少女的羞紅，她也暗暗愛了這個才貌出眾的青年，他們正孕育著一朵

含苞欲放的愛情之花。

　　他們愛在岳陽路三角花園的普希金銅像前散步、小坐。這一帶的法國梧桐樹修整得別有風韻，和周邊的歐式建築融為一體，茂密的樹葉在柔和的燈光下婆娑起舞，灑下一地的斑斕幽色，透過夜幕，從上海音樂學院傳來涓涓鋼琴聲，使三角花園的夜晚籠罩在溫馨的夢幻氛圍中。兩個豆蔻年華的情人偎依著，感受繆斯、愛神、休閒糅合在一起的愉悅，有時謝靈韻會吟誦普希金的詩：「大海，自由的元素……」。顧聖音也會輕輕地附和一首：「假如生活欺騙了你……。」有時會默默無言，靠心靈傳遞感情，交流思想，脈脈一眼，微微一笑，就能心領神會，悲喜盡在其中。

　　顧聖音家的練琴房在小花園的東端，正對著鄰居謝靈韻家的書房，有一次，謝靈韻坐在書房的窗臺上對著正在練琴的顧聖音說：「你彈琴時像一頭正在伸展筋骨的雄獅。」她嫣然一笑，很欣賞這句充分表達她內心世界的褒詞，她對自己的事業確實有一顆雄獅般的心。

　　虛脫在支解她全身的筋骨，她癱瘓在沙發上，房間瀰漫著濃重的煤氣味，有一種恍惚的醉意在滲透每一個細胞，在昏昏入睡中，驀地，謝靈韻說的雄獅，跳進她的腦海，她驕傲地笑了。

　　應英國女皇伊莉莎白的邀請，顧聖音來到了白金漢宮。遼闊的禦花園花團錦簇，廣場中央的大理石座上豎立著維多利亞勝利女神鍍金雕像，標誌著白金漢宮的輝煌時代。用象牙和黃金裝飾圓形穹頂的皇宮音樂廳，更是顯得格外精緻豪華，這裡曾是維多利亞女皇和丈夫艾爾伯特親王經常舉辦音

樂會的地方，今天這裡已座無虛席，英國貴族名流都慕名來到這裡，欣賞新中國第一位青年女鋼琴家的演奏。

演奏的曲目是勃拉姆斯的《帕格尼尼變奏曲》，這是一首難度相當高的作品，要有極嫻熟的技巧和男人的體格才能彈奏。這個外表瘦小的中國姑娘能表達出音樂大師那雄大的氣魄嗎？顧聖音從容不迫地面對觀眾，她將用她那特殊素質鑄造的手指，在琴鍵上回答貴族們的疑惑。

她身穿潔白的禮服，端坐在烏黑澤亮的鋼琴前，頭微微仰起，炯炯有神的目光凝視幻空，突然，她把頭俯向琴鍵，激情澎湃的樂曲在她的手指底下奔騰而出。這是一場藝術的競技，音樂廳的氣氛像閃電般的敏感，在演奏進入一個比一個困難的片段時，可以感受的觀眾緊張的心跳和喘氣。她那外柔內剛的手指在琴鍵上令人暈眩地跳躍，像電流般串連了大師的樂章，響徹宇空，全曲完美地結束。皇家音樂廳的貴族們，被她那非凡的氣魄懾住了，大廳一片寂靜，鴉雀無聲，觀眾感到僅用鼓掌來讚譽她那超群的才華和技藝，太不夠了，用什麼方法才能表達對她的敬佩之心呢，最後還只能報已經久不息的雷鳴般的掌聲。

她站了起來，在紫絳紅的波斯地毯上，一個亭亭玉立光彩照人的形象，一個中華民族的秀美典範。伊莉莎白女皇走了過來，這位大不列顛王國的君主，沒有穿著後襟長得出奇的絳紅色的王袍，也沒有戴鑲有舉世無雙的占石皇冠，她穿著普通的連衣裙，肩上披著一條精緻素雅的披肩，胸前打著一個天鵝絨的領結，雍容典雅，和藹可親，像一位慈母。她給她一朵百合花，並吻了一下她的臉頰。

女皇拉著她的手微笑地問：「你的力量從哪裡來的？」

「是祖國的榮譽和人類的智慧賦予我的。」

女皇太喜歡她了，眼中流露出慈愛的光彩。

「你們中國人有收過房女兒的習俗，我這個英國母親能有幸收你做女兒嗎？」

顧聖音鄭重地點點頭，很有禮貌地在這位英國母親的面頰上吻了一下。

她的臉異常平靜，剛才被「雄獅」激起的微笑還掛在嘴邊，她意識蟬蛻，神志模糊。一個幻魘向她撲來，每次都被音樂聲擋了回去。它蹲在角落裡，伺機再次撲來。

有許多外國人的臉，他們友好地向她笑，眼睛是那樣的美麗，藍色的、綠色的、棕色的、黑色的，都閃爍著奇光異彩。這是在布拉格還是在莫斯科？也許在柏林，她記不清楚了。窒息模糊了她的記憶，胸口好悶啊……。

第六屆世界青年聯歡節，她榮獲金質獎章，最受歡迎的是她彈奏的《康定民歌變奏曲》，那帶有濃鬱鄉土氣息的熱情純樸的愛情，從流暢、優美的旋律中表現出來，委婉風趣，情意纏綿，深深地迷住了外國朋友，他們舞動著雙手致意，廣場充滿著理解友好的氣氛。

「啪」的一聲，鋼絲錄音放到了盡頭，琴聲遽然停止，客廳幽暗沉悶，萬籟俱寂，充斥著死亡的氣息，那個陰森的幻魘蠢蠢欲動，一種難以抑制的恐懼襲上她的心頭。

寒風蕭殺，宏業花園103號洋房門前圍著許多看熱鬧的人，媽媽和弟弟陪著顧聖音接受紅衛兵小將的批鬥，金牌獎章撒落一地，他們肆意踐踏的豈止她的人格，這是在踐踏自

己祖國的榮譽啊！一張張變形冷酷的臉在聲嘶力竭地吼叫，指責她演奏的曲目都是封資修的毒素。毒素?!外國人尚能理解她的民族感情，怎麼中國人倒不懂中國自己的語言，她迷茫了……。

音樂是一種語言，它能確切地反映個人和人民的精神品質。這些所謂的革命派的頭腦，被教條的水泥封固了，不通人事，更沒有音樂細胞，因此那種抽象的思維就沒有媒介可轉遞，更高一層的思想感情不能溝通，和他們理論，簡直是對牛彈琴。此時她注意到這一張張臉，都是那樣單調呆板，眼神冷漠灰暗，反映出他們精神生活的貧乏。人和動物的主要區別就在於精神生活，無異於這些人已變成了兩重性格的動物，他們對上是順服的羊羔，對下是一群打著革命旗號的狼。她那細巧的臉上流露出一種即恐懼又憐憫的神情。他們在她的頸上掛一塊塗有牛鬼蛇神字樣的牌子，強逼她自己罵自己，自己打自己的耳光。她像一座大理石雕像，漠然不動。他們又在她的臉上塗墨汁，還推推攘攘，把一個在國際上享有盛名的藝術家當猴耍。不可理喻的是，他們戲弄淩辱別人，還振振有詞地說革命不是請客吃飯，這個國家的王法、道德、良知到何處去了！在這一群狂熱無知者的面前，連最普通的道理都說不通，還談得上什麼音樂。音樂是她的事業和生命，沒有音樂的世界，還成什麼世界！生活還有什麼意義！她抬頭環視了一下圍觀的群眾，這裡面還有一些她認識的鄰居，她希望得到他們的理解和支持，可是這些人都木然觀看，有幾個還跟著喊口號。她的心完全涼了，她想：這個民族完了。

邪惡與無知正撕扯著這顆純真高潔的心，她纖柔細膩的情感和高傲自尊的性格怎麼承受得了這種侮辱性的蹂躪，在狂熱者的面前，說理是無用的，要維護自己的尊嚴只有離開這個動亂的世界，她臉上露出了一絲慘澹的平靜。他們鬥膩了，或者說玩夠了，揚長而去，還說過幾天再來深入批鬥。

　　顧聖音已閉門不出，小弟還是那樣好動，歡喜到街上看熱鬧，每次回家總是帶回一些奇聞，什麼剪褲子、燒書籍、砸招牌等等，真是聞所未聞，可憎可恨。有一次小弟說，普希金銅像也被砸掉了。人類文化的精髓都不要了，人們真是發瘋了，這到底是怎麼一回事啊?!，她心中苦澀愁悶，翻騰著來自海底的波濤，大海在悲戚怨訴，沉鬱呼喚：來吧，到解脫的彼岸來吧。

　　到處都是對真善美的褻瀆，「鬼見愁」也配上了音樂，它聲調淒厲恐怖，有如鬼哭狼嚎，在深夜飄蕩。它無孔不入，鑽進家裡搗亂，掀翻鋼琴，砸碎花瓶，撕破字畫，它就像一個虐待狂，無惡不作，仇恨一切美好的東西。

　　彌留中的她感到「鬼見愁」在家裡狂舞，她驚呼：「媽媽，快把它們趕出去。」「出去，出去，別在這裡胡鬧。」它們一窩蜂衝到小弟的沙發後面，張牙舞爪。「小弟，它們在你的後面，當心啊！」

　　它們一窩蜂地轉向她撲來，帶著一股強烈的腥膻味，那幻魔也乘勢撲了過來，使勁地壓在她的胸口上，她無力反抗，也無力叫喊，只是一個勁地叫：啊……。

　　倏然，顧聖音驚醒過來，渾身浸透了冷汗，癱瘓在沙發上。媽媽耷拉著頭，睡得很沉重，小弟斜躺在沙發上，睡相

和往常一樣，很不好看。她試圖呼喚他們，可是，聲音哽在喉嚨口，一點也喊不出來，就如在噩夢中的感覺。房內充滿著死亡的氣氛，但不可怕。也許是迴光返照的緣故，她此時的頭腦非常清醒，一種失重的感覺讓她飄然而起，有一種超脫了軀體的快意。她心中明白，最後的時刻來臨了。

蕭邦的鋼琴即興曲在她的腦海中悠悠揚揚，這是她在琴房裡最愛彈奏的樂曲。謝靈韻總是那樣，穿著寬大的白襯衫，鬆鬆垮垮地坐在他書房的窗臺上一面看書一面欣賞音樂，她想起了他說的一段富於詩意的話：「……那個善於俏皮地在綠髮上戴上銀網的女水神近來好嗎？我們的玫瑰花還是那麼火一般地驕傲嗎？我們的樹還在月光下那麼美妙地唱歌嗎？……。」這是詩人海涅在聽蕭邦彈奏即興曲時，感覺遇到來自故鄉的一個同鄉而問的話。顧聖音的意識彷彿返回到故鄉，嗅到泥土的醇樸香味。

一束柔光照在她蒼白的臉上，閉著的眼睛完全能感受到月光的安撫，今夜的月光晶瑩如水，傾瀉著一抹色的淒涼，月光是她音樂靈感的老朋友，她多想抬起頭來最後瞧它一眼，向它告別，可是力不從心。

「月光」從遙遠的幻空汩汩飄來，琴聲抑揚頓挫，如訴如泣，顯得格外憂傷，她全心身融在其中，今夜的月光分外皎潔。

謝靈韻在吟詩，他那詩人氣質的蒼白臉龐，在月光下，滿是憂鬱悲涼，把詩的意境渲染得更加纏綿愜意，她隨著韻律用意念伴奏和聲：

你的靈魂遠去了，
踏上了燦爛的旅途，
徘徊在灑滿柔光的明空。
沿著蜿蜒的碧泉，
隨著精靈閃爍的星光，
融入曠幻無垠的音符森林。
一輪皓月移近，
恰似你那皎潔的臉盤，
嫣然回眸。
我赤坦無餘，
沐浴你的溫馨，
從伊甸園走出來的那一天，
整個心身都獻給了你。
小聖音，
去吧，帶著你無愧的榮譽，
塵世無需久留，
玉體毋庸惦念；
去吧，帶著你無暇的純真，
上帝與你同在，
天使和你同樂；
去吧，帶著你無雙的才華，
採擷你心愛的音符，
編織永恆的皎潔。

初稿於1986年11月，定稿於2008年2月1日

# 被扭曲的品格

吃官司兩頭難，剛關押進去的時候和要刑滿釋放的時候。

明天是番號為7242的犯人刑滿釋放之日，這幾天他是在板著手指過日子的，每秒鐘他都感覺得到，那真是度日如年，日子難捱啊！

整整七年了，正是他最好的年華時，被關進了監獄。不過，在那動亂的年代，連國家主席都自身難保，何況一個小百姓。他只能這樣自慰：作為一個反革命，在外面天天挨鬥，沒有人生保障，還不如蹲「提蘭橋」太平。他唯一放心不下的是妻子和只有五個月的兒子。

在廠裡隔離審查的時候，他隔著釘有鐵杆的視窗，遠遠

到看到妻子抱著幼兒，天天到廠門口哭泣，要見一面丈夫，受盡造反派的羞辱。妻子的日子真正難過啊。

妻子只來監獄探望過他三次，隔著三米遠的鐵絲網，只聽到一片嘈雜的喊聲和哭聲，哪裡還聽得到她說些什麼，她滿臉淚痕，眼中流露怨恨，分明她在怨他為什麼去幹反革的事，害得一個美好的家庭破碎。她哪裡知道，在這瘋狂的國度裡，如果要大家說真心話，可以說全國百分之九十的人都是反革命。

半年後，他收到一張離婚判決書，他只得在上面簽了字。以後，妻子再也沒有來過。家裡人來探監，也從不提起她，他也不敢問，怕又聽到什麼意外事，他那脆弱的心理再也承受不起打擊了。有一次，他實在忍不住了，膽怯地問：「她好嗎？」，「她搬走了。」他放心了，只要她還在人間，今後就有團圓之日。從家裡人的神態和口氣中，他知道妻子和他們關係不好，也就不再向他們打聽她的情況了，把思念深深地埋在心中。

他和妻子幾乎天天在夢中相會，前幾年，他還能在夢中擁抱到她，作一場春夢，後來，她越來越虛無縹緲了，變成了一個可望不可即的幻影。她的表情依稀可見，時而憂傷，時而冷漠，時而慘澹地微笑，猶如一個幽靈。莫非她已不在人世，他不禁打了一個冷顫。他想見到她的渴望變得越來越強烈了。

明天就能見到她了，這一天比過七年還要慢，他一下子消瘦了不少，連香噴噴的大老膘（大肥肉）也不感興趣了。

一個同犯揀了一盒油水最足的飯送到他的面前說：

「7242，吃一點吧，添添勁道，明晚還要抱老婆幹呢。」想到這個「幹」，樹子的下身就膨脹起來。

久盼的團圓之日終於來到了。

「樹子！」杜西修激動地抓住她日夜思念的人的手深情地叫道。他——樹子習慣了7242這個番號，七年來他第一次聽到別人叫他的名字，也許是激動和高興過了頭，他木然地站著，一付充滿自卑的犯人腔。

他們在過去談戀愛時約會的老地方——靜安公園門口會面。這熟悉的地方和溫馨的氣氛，使樹子慢慢地緩過神來，他在監獄裡設想好的一套戲劇見面式一點也沒用上，樹子異常平靜地望著他日思夜想的妻子。

妻子還是那個樣子，勻稱的身段，秀淨的臉盤，典雅的風韻。外表依舊，目光中卻流露出一縷惆悵。

她身邊站著一個七歲的孩子，「這就是兒子欣欣，」她把孩子推到樹子面前說：「欣欣，叫爸爸。」欣欣沒有叫爸爸，而是叫一聲伯伯，上海話爸爸伯伯音相似，樹子也沒有覺察到，他把兒子抱起來，在他小臉上吻了一下，欣欣不情願地扭開頭，睜著大眼睛驚訝地望著這個陌生的伯伯。

他們把兒子夾在中間，拉著手默默地走著，此時，他們的內心還沒有平靜下來，不知說什麼好，還是先享受一下相聚的溫暖吧。欣欣開始活躍起來了，他啃著爸爸給的巧克力，蹦蹦跳跳走在前面，好不高興。

這是一個暖和的夜晚，初春醞釀著甦醒的氣息，劃一根感情的火柴，就會燃起一個春夢。樹子心中的春夢又繚繞升起，他忍不住摟住西修的腰。這手式太熟悉了，一股暖流傳

遍西修全身，她怎會忘記他們在談戀愛蕩馬路時，他總是以這種手式摟著她卿卿我我、耳鬢廝磨。西修撫摸著樹子的身體，他依然是那樣結實，渾身散發著熱氣。她常把樹子比著一顆大樹，自己在樹蔭下休憩，快慰無比。現在「大樹」就在身邊，那種快慰感又洋溢全身，她緊緊地依偎著他，臉上露出充實的笑容，這是她七年來第一次發自內心的歡笑。

「樹子，你在裡面想我嗎？」

「想，天天想，我們常在夢中會面。」

「我也是。」

「有一次我夢到我們睡在床上，我緊緊地擁抱著你，想要那個，驀地，我感到自己快要醒了，急忙拉掉你的衣服，想看看你那潔白的身體，可是……。」樹子停了片刻，罵了一聲髒話：「操那！」（上海罵人的口頭語）西修看著他，露出驚訝的神色問：「怎麼啦？」

「醒來了，我沒有看到你的身體，那美夢再也不回來了。」樹子不無遺憾地說，正想加一聲髒話，被西修的眼光制住了。樹子回過神來，感到自己剛才說髒話有些失態，連忙解釋說：「我在裡面說慣了，激動的時候就管不住自己的嘴巴。」

「不要遺憾，現在不是又回來了嗎。」西修的聲音柔和多情，神態卻總是那樣惆悵，和她的情緒不符。樹子那會注意這微小的變化，只顧摟著她親熱，嘴唇在她的頸部吻到唇部。西修輕柔地把他推開說：「在馬路上，別人在看我們呢。」

樹子笑了，他已恢復信心，笑得那麼坦率、自信，洋

溢著熱情。這是一個寬大胸懷的男子漢笑容，這笑容曾使他在情場上獲得全勝。樹子剛認識西修的時候，還是一個初涉情場的新手，見到姑娘就害羞，說話語無倫次，雙手無所適從。西修暗暗好笑，面前這個男子能做自己的終身侶伴嗎？可是，當她看到他豁然一笑時，她領悟到他內在的大度氣質，她的心被征服了。西修陶醉在樹子的親昵中，她把手伸進樹子的褲袋裡，這是他們在冬天蕩馬路時常用的取暖方式。樹子的大腿肌肉在有節奏地跳動，每一下都誘發了她的春心。

妻子的挑逗，丈夫當然瞭解，他在西修的耳邊輕輕地說：「我們到你家裡去吧。」

這個家字如驚雷，使西修渾身顫抖了一下，她迅速地把手從樹子的褲袋裡抽出來，臉色蒼白，不再有剛才那種熱情。

「怎麼啦？」樹子驚訝地問。

西修垂著眼簾，不敢正視樹子，兩行淚水奪眶而出。樹子感到事情不妙，他放下了摟著西修的手臂，強作鎮靜地說：「你一定有什麼事情瞞著我，講出來吧，我經受得了。」

「樹子，請原諒我。」西修淒涼地哀求。

樹子已感到了這意味著什麼，這災難性的打擊，使他的心涼地腳低，一股苦澀湧至口腔，滿臉陰霾，表情可怕。他把最惡毒詞咽在喉中，不敢罵出來，因為喉嚨梗塞了，罵出來肯定不像人的聲音。

「樹子，你知道我在外面壓力有多重啊，你的家裡人無

力照顧我們，他們自顧不暇，我的父親又老是埋怨我跟你結婚，影響了他們的政治前途，學校裡還要批鬥我，到處是批判我的大字報。我把欣欣帶到這麼大，真不容易啊……。」她哽咽著，淚流滿面。欣欣莫名其妙地望著媽媽，又回過頭來望著「伯伯」，低聲問：「媽媽，你怎麼啦？」西修把欣欣摟在懷裡繼續說：「那時，你被廠裡隔離審查，我每天抱著欣欣來廠門口打聽情況，想看你一眼，他們……」她泣不成聲。

樹子彷彿又回到了那嚴酷的時代，他臉色鐵青，精神嚴峻，牙齒咬得格格作響。他一直沉默著，連歎氣都憋在心裡。

「你一進去，我每月36元錢怎麼過，每天抱著欣欣趕到離家20多裡路的吳淞上課，人都要癱下來了。學校領導刁難我，不批准我調到離家較近的學校工作，我只好咬緊牙關硬撐著，我活得好累啊。不是為了欣欣，我早不想活了。」

「有一次下大雪，我滑倒了，把欣欣摔在馬路上，一輛卡車就剎在他身邊。」西修驚恐地摟著欣欣，全身顫抖。

「有一次我病倒了，實在撐不起來，欣欣陪我睡了三天，他直叫餓，後來大姐來了。」

「有一次欣欣害菌痢，在醫院裡搶救，生命垂危，眼看不行了，如果欣欣……我也……」

她哭泣得像個淚人兒。「多虧老金幫助我，日夜照顧欣欣，欣欣的病好了，他病倒了。」

「有一次……」，她的聲音越來越微弱了，陷入了往事的可怕漩渦裡，最後她的聲音變成喋喋不休的囈語。

「老金是誰？」樹子終於發話了，這聲音粗魯得可憎。他對妻子和兒子的不幸遭遇無動於衷，卻對老金如此敏感，大有興師問罪的架勢，西修懷著負罪感語氣說：「就是我現在的⋯⋯。」她沒有勇氣把丈夫二字說出來。

她又陷入了往事的回憶，喋喋不休的說起來：「那時候我幾乎絕望了，只有他給我一絲做人的溫暖。」

「家裡人對我施加壓力，逼我嫁人，否則就要斷絕我的經濟支援，還要斷絕親屬關係。學校老師批評我與反革命家屬沒有澈底劃清界限，真是厄運沒個完。我是一個孤立無援的弱女子，那有力量抗拒家庭和社會的壓力。況且老金人也好，我也就跟他⋯⋯。」她沒有勇氣把結婚二字說出口。

「你就和這個老頭子睡在一起了！」樹子吼叫著，他的心靈完全扭曲了，對西修的心靈窮追猛打。

「樹子，你打我一頓吧，我對不起你。」

「對不起有什麼用！」樹子滿腹怨氣無處發洩，他狠命地把地上一隻紙盒踢了一腳，紙盒碰到電線杆彈了回來，又被樹子飛起一腳，踢到馬路當中。

西修索性放聲大哭起來，欣欣抱住媽媽也跟著哭了起來。見兒子哭得這麼傷心，她心痛了，忍住哭泣，掏出手帕給欣欣擦眼淚，

「好乖乖，不要哭了，媽媽心疼。」

「好媽媽，你也不要哭了，寶寶也心疼。」

樹子本不是一個冷酷無情的人，在家裡是一個溫順的丈夫，在單位是一個技術能手，在監獄是一個模範犯人，待人接物都算得上是一個好人。怎麼好人沒有好報，他感到世道

不平，滿腹委屈想發洩，想控訴。他向誰去控訴，向政府?!難道無產階級鐵拳的滋味還沒有嘗夠；向面前這兩個可憐的孤兒寡母?!他們已經夠可憐的了，他狠不了心。樹子無奈地長長地歎了一口氣。

樹子的心軟了，他是一條硬漢，在監獄中最艱苦和絕望的日子裡，沒有掉過一滴淚，可是在這淒涼的母子面前，他忍不住流下了同情的眼淚，他憮摸著西修的肩膀和兒子的毛頭，言不由衷地說：「別哭了，我不怪你還不行嗎。」

他們的哭哭啼啼引起了幾個好奇的行人圍觀，有幾個還問這問那。樹子極不耐煩地揮手趕開圍觀者，自顧自一人往前走，西修拉著兒子跟在後面，自卑的心理使她不敢與他並肩齊行。

樹子回頭看了他們一眼，緩下了腳步，西修連忙跟上，用手去挽樹子的手臂，他無動於衷，自顧撥弄褲袋裡的鑰匙圈。

「是誰介紹的？」樹子冷冷地問了一句。

「大姐姐。」

「哪一年結婚的？」

「七四年。」

「有小孩嗎？」

西修搖搖頭。沉默了好一會，樹子帶有關心的口吻問：「你們的日子過得好嗎？」

西修歎了一口氣，沒有言語。樹子心裡明白，她的生活並不幸福，他飽含同情的眼光注視著她，身體向她靠攏。西修心中一熱，希望之火又燃了起來，她緊緊地挽著樹子，

親切地說：「只有和你在一起，生活才感到充實，感到快樂。」她看了一下樹子的反應，帶有後悔的口氣說：「樓上阿太說，還是結髮夫妻好，當初我能聽她的話就好了。」

「操那！你大姐真不是東西。」樹子又開始罵人了。

「別責怪她了，還是談談你的情況吧」。

「有什麼好談的。」樹子緊繃著臉，沒好氣的回答。他討厭回憶監獄裡的生活，如今雖說是刑滿釋放，但頭上還戴著一個緊箍咒——反革命帽子，在政治上沒有解脫，不能享受一個人應有的平等待遇。現在在西修面前，他感到是平等的，他要忘記現實，充分感受一下眼前這種人與人之間平等的滋味，哪怕是短暫的幾小時。

「幾點鐘了？」

「九點多一點，還早著呢。」

其實，現在快十點了，西修唯恐他要分手，有意把時間說得少一點。樹子見欣欣一付無精打采的模樣，停住腳步說：「欣欣累了，要去睡覺了，你們回去吧，我也該回宿舍去了。」

「不！不要走，我們再談談吧。」西修帶著哀求的口吻，求樹子不要分手。為了讓樹子找不到分手的藉口，她把欣欣抱起來，讓欣欣睡在自己的肩膀上。欣欣長得肥頭胖腦，抱著他走是很沉重的，但西修在所不惜，只要能和樹子多呆一會就心滿意足了，她知道這一分手，就不知何時再見面了，也許樹子永遠也不會再見她了。樹子看到她那吃力的模樣，自己卻空著手，有些過意不去，便說：「讓我來背欣欣吧。」

「好，好。」西修連聲答應，這樣，至少樹子不會馬上離開。

樹子脫下棉衣，把欣欣趴在他的背上，媽媽給兒子蓋上棉衣。緩緩的顛簸和嗡嗡的說話聲，催得背上的兒子很快就熟睡了。

初春的夜晚，寒氣逼人，西修觸摸著樹子的身體，柔情地問：「冷嗎？」

「我穿著你給我織的毛衣，蠻暖和的。」

西修緊靠著他，輕輕地撫摸著毛衣。

「還蠻新的嘛。」

「平時我捨不得穿，今天見你才穿的，蠻暖和的。」

一股暖流湧上西修的全身，她又產生了勇氣，恢復了剛才和樹子那種親昵的姿態，把手伸進他的褲袋裡。

樹子毫不動心，他在想，等一會她將投入另一個男人的懷抱。

「他碰你嗎？」樹子明知道這是多麼愚蠢的問話，但他實在憋不住這耿耿於懷的事，他想聽聽自己的老婆怎樣同人家同床共枕的。這個問題不諦是把尖刀刺他的心，他寧願痛苦，也不願回避這把尖刀，現在樹子把情感扔到腦後，只想用刺激來麻醉自己。他總是忘不了她作愛時那種黏糊勁，現在和另外一個人在一起，是否還是那樣黏糊。想到這裡，他的那個傢夥躁了起來，他的眼睛邪惡地瞧著西修，手按住自己那個不安分的傢夥。

他在扭曲的世界裡度過了漫長的七年，與小偷、流氓、強姦犯、同性戀打交道，聽到見到不少醜惡的事情，開始時

令人窒息作嘔，後來也就習以為常，他的品格也隨之扭曲了。他詛咒那扭曲的年代，又追求那扭曲的刺激，他不停地催促她講床上的事情，並把手伸進西修的內衣，捏住她的乳房。這是一種粗暴的觸摸，毫無感情的發洩，西修只感到疼痛，毫無快感可言，她沒有反抗，默默承受這變態的作愛，她懂得樹子此時的需要，她的義務就是讓樹子滿足這種需要。

樹子渾身顫抖了幾下，手放開了乳房，無力地垂了下來。

「好了？」西修理了一下衣衫輕聲的問。

「操那！沒有意思。」樹子野性畢露，毫無挽留餘地地說：「我要走了。」

「現在是午夜，沒有公車了。」西修歡喜樹子的野性，想留住他，多呆一會

「我慢慢地走回去，沿著這條路一直走下去就是荒郊，在那裡我會更自在些。」樹子語氣陰沉，他把睡在背上的兒子遞過去，西修伸出雙臂，把樹子和兒子一起抱在懷裡，埋在她心中多年的思念之情，一下子噴發出來，她瘋狂地在樹子的臉上吻啊舔啊咬啊，伴隨著淒切的哭泣。這是愛和恨的衝撞，一覽無遺的原始母性的表露，她恨不得把樹子一口吞下去，化為己有，只有中國婦女，才會如此癡情。

樹子用力把她推開，在欣欣臉上親了一下，轉身就走，消失在朦朧的黑夜中。

春夜是那麼寧靜，人間的嘈雜都消失在朦朧的暮色中。樹子神志恍惚，踽踽而行，猶如一個夢遊者。西修留在他臉上的吐沫，使他產生一縷溫馨的夢幻，又伴隨著憂傷的空

虛。現實難堪！他寧願蹲在扭曲的世界裡，做那永不清醒的春夢。

倏然，他從恍惚的狀態中清醒過來，他聽到後面響起急促的跑步聲，並伴有呼叫：「樹子，樹子。」西修喘著氣追了上來，她那白淨的臉上泛起興奮的紅暈，就如初戀時那種青春味。

「樹子，今晚睡到我家裡去，我什麼都不顧了。」

「你的那個老公呢？」

「他留下一個條子，說今晚不回家了，我們不管他了。」

人的品格都有二重性，其中沒有高山大海相隔，不過是一步之遙，一念之差就越過了界線。西修決心要以自己的肉體來撫慰他那受傷的心靈，什麼傳統道德都毫不吝惜地拋到腦後。西修不容樹子考慮，一把摟住他，嫵媚地說：「快走，到家裡去，今晚我給你重溫春夢。」

重溫春夢是樹子在監獄裡日夜夢想的事情，經過剛才酸甜苦辣的精神煎熬，現在突然能圓夢了，他一時還沒有緩過神來，神情有點遲鈍，呆呆地站著，用迷茫的眼睛凝視著面前的女人，不知所措地掙紮了幾下。女人的魅力是那麼地強大，樹子休想掙脫西修的纖柔臂膀。

樹子隨著西修夢幻似的走著，他的靈魂晶格在顫抖，心靈深處在鬥爭，心中明白西修已不是他的妻子，現在和她上床作愛是違法的，在「廟裡」唸了七年的「經」，深入腦海，揮之不去。他竭力尋找能和西修作愛的理由，以使道德的天平保持平衡。他總算找到了理由：「操那，她原本就是我的妻子！」樹子心裡不斷地重複這句話，支持著他隨西修

行去。

　　進入一條幽暗的弄堂，西修帶有顫抖的聲音說：「到了，前面就是我的家。」這無疑是「芝麻開門」的福音，樹子有些急吼吼地迫不及待了。……

1987年起稿，2008年12月完成

# 尿毒癥

　　這是一個真人真事的故事，其中的恩怨情節我記憶猶新清清楚楚，一個也不會漏掉。

　　我的二任妻子項雯娟是一個好人啊！賢妻良母、品貌端莊、心靈手巧。遺憾的是我不能和她長廝守，這個美滿幸福的家，很快就變成煉獄。

　　我的妻子由於過渡勞累，得了腎臟病，這種病初期並不會危及生命，護理得好，可以拖上十幾年，甚至康復，可是一年不到，她的兩只腎臟全部壞死，患上可怕的尿毒癥。

　　她的病是有前因後果的，我記得很清楚，當時上海電視臺播放一個節目：一個土郎中怎麼醫術高明，醫好了不少患腎臟病的患者，吹捧得簡直像華佗再世。這個土郎中住在武夷路，離娘家江蘇路不遠，她的母親備上了厚禮帶著女兒上

門看病。其實這個土郎中並沒有電視臺吹捧得那麼神，他簡單地診斷一下，開了藥方，其中有一味叫玉麒麟的中藥，他說是專治療腰子的特效藥病，我們信以為真，還感激不盡。後來才知道，玉麒麟是很兇險的藥，不是每個人都適宜的，必須謹慎服用，這個土郎中只管賺錢，不顧病人死話，藥方照開不誤，當時她母親病急亂投醫，根本不知道在裡面的兇險。半年多，病情急轉直下，必須馬上住進大醫院做腹膜透析治療，那時進大醫院談何容易！沒有關係開後門，比登天還要難。

　　這裡我不會忘記我的小學同學盧姍的恩情，當年她是兆豐小校最優秀的學生，我從湖南鄉下來上海，文化差距太大，學業跟不上，老師指派盧姍幫我輔導功課，那時我是一個鄉巴佬，連上海話都聽不懂，盧姍和顏悅色耐心地教我說上海話，每天放學後化一個小時，認真地輔導。那個時期，沒有金錢觀念，完全是義務的，輔導了一年多，我的學業大有起色，上海話也過關了，順利完成小學課程。小學畢業後，我們各分東西，四十多年來沒有聯繫過，如今我的妻子病危，需要進大醫院治療，上海的每一個大醫院都病床滿員，很難進去。此時我打聽到盧姍在華山醫院血液科做醫生，便去醫院求她幫助，我窮得叮噹響，沒有錢送禮物，只好硬著頭皮去見她，分別四十多年了，我這個狼狽不堪的模樣，還不知道她認不認識我。我抱著一線渺茫的希望推開盧姍的辦公室。一進門，見到盧姍，她的形態沒有變，還是那樣典雅秀美，她也一眼認出了我，熱情地與我打招呼，寒暄了幾句，回憶了一下舊情，知道我的情況後，毫不猶豫地

說，明天來掛號住院。天啊！我的妻子有救了。困難見真情，永遠不會忘。

我妻子得上這個病，最根本的原因，還是我們的住房太遠，在浦東擁有一間新房，工作單位在西區的江蘇路。那時擠公車簡直是打仗，每天上下班，都要經歷兩場「戰爭」，尤其艱難的是孕婦和抱嬰兒的母親，場場都是衝鋒陷陣的敢死隊。我妻子就是「敢死隊員」，活生生地勞累成疾。

要問我們為什麼選擇這麼遠的住房，說來話長，更是一泡氣。

裝機廠是我的工作單位，地處延安西路江蘇路口，是一個好地方。地方雖好，裡面有一個領導不好，自私狹隘無能，共產黨就信任這樣的人，讓他擔任黨委副書記（暫稱他汪為）專門負責職工的生活問題。

那時社會上最得人心的是平反冤假錯案，我被平反回到原單位工作，後來我找到對象結婚，組織上應該優先落實政策解決我的住房問題，他們遲遲不肯解決（以前他們製造冤假錯案雷厲風行，現在要他們落實政策就死皮賴臉，不推不動，這是典型的共產黨官僚主義幹部），我一封信寫給當時的上海市委書記陳國棟，他倒是很關心群眾的困難，尤其是落實平反政策的問題，立即回信指示單位領導抓緊落實我的結婚住房問題。汪為被逼無奈，才有所行動。

在和江蘇路房管處協商解決我的房子問題時，房管處負責人提出以我們工廠生產的鏟車交換房子（都是緊張物資），汪為一聽，喜出望外，（他也是住房困難戶）一口同意這個方案，並且答應，只要能解決我廠困難戶職工的房

子，要多少鑔車都可以，房子困難戶職工聽到這個喜訊，都拍手稱好，紛紛讚揚黨委副書記英明，辦了一椿好事情。

接下來就是辦理交換手續，當汪為聽到房管處負責人說，他們的職權只能解決長寧區職工的房子時，汪為不是長寧區的人，沒有份分房子，當即翻臉毀約，房管處也不是好惹的，得罪了他們，以後要房子就難上加難了，大家空高興一場，臭罵他一頓解恨。我的房子也泡湯了，對待這種流氓領導，拿他一點沒有辦法。後來還是項家人想辦法，在浦東搞到一間12平方的房子。所以我妻子得尿毒癥與那個流氓領導有直接的關係。

妻子在華山醫院做腹膜透析病情穩定出院，在家做腹膜透析，後來又到中山醫院繼續治療。在一次腹膜透析時腹膜感染，引起五臟六腑嚴重衰竭，痛苦不堪，瀕臨死亡。主管趙醫生因為沒有送紅包而漠不關心，成天板著臉，說一些消極的話，甚至不肯用藥搶救，並斷言她活不過明天，要家屬準備後事。此時護士長李愛芝看不過去了，對趙醫生的這種非人道主義的行為極為不滿，她說，即使病人沒法救，也不能讓病人如此痛苦地死去。她不管趙醫生的反對，擅自開了一些止痛安眠藥給病人服，讓病人暫時減少痛苦。

項家的人回家準備後事，去買壽衣壽褲等喪事用品，我絕望地到同仁堂藥房買了一些人參花，熬成湯，死馬當活馬醫給妻子喝下。

午夜妻子在昏迷中肚瀉，糞水如噴泉一般，噴到我一身，我不顧惡臭的糞汁，不斷地為妻子擦洗身體，叫護士換床單、被套、衣服。忙到臨晨，妻子的意識清醒了，見到我

這個渾身糞水，疲憊不堪的樣子，不禁潸然流淚，泣不成聲。護士長李愛芝上班了，連忙把我帶到醫生盥洗室洗澡，並弄來一套乾淨衣服給我穿上。妻子腹內的毒素全部排出來了，病情有所起色，逃過了死神的魔掌，活了過來。

在醫院做腹膜透析，很容易交叉感染，主管醫生又不負責任，李愛芝建議我們還是回家自己做腹膜透析更安全。

我們在浦東12平方的家，用三夾板搭了一間1平方的小房間作腹膜透析室，每天用紫外線消毒，比醫院安全多了，只要不感染，病情穩定，沒有性命之憂，大家也就放心了。

李愛芝成了我們的朋友，經常來看望項雯娟，還帶一些藥給我們，並熱心地指導病人一些注意事項，我們十分感激她，她又不肯接受金錢和禮物，真是於心不安，無以回報。有一次李愛芝帶著她的小女兒來看我們，正好肯塔基在東方飯店開張，這是一件新鮮事情，我便趁機邀請她們一起去吃肯塔雞，她們欣然同意，尤其是她女兒高興得不得了，吃得津津有味，還帶了一份回家吃。東方飯店在當時是上海一流飯店，相當於五星級，肯塔基又是美國食品第一次打入上海，對我們來說，都是新鮮事，一般老百姓能夠進去吃一頓美食，絕對是一次難得的享受，我只花了60元（相當於我一個月的工資），買了一個心安理得，現在想起真是慚愧。

在這困難期間，無私幫助我的朋友不少，最不會忘記的是朋友王永平，他是牙醫生，在長寧區牙防所工作，項雯娟腹膜透析的醫藥器具與用品需要消毒，都是王永平免費包下來的，該醫院所有的醫生和護理人員，只要聽到是我的事情，都熱情無私地幫助。

　　我的單位除黨委副書記汪為沒有人性外，其他領導和群眾都是有同情心的，尤其是我工作的檢驗科成員更是幫助我不少，幾年來在項雯娟生病期間，科長董金榮特別關心我，要我不要上班，全心照顧妻子，算我出勤，工資獎金一分不少。科裡的員工也大力支持我，如徐國良、嚴寶龍，經常用科裡的兩頓汽車為我送腹膜透析液，只要病人需要，即使夜晚，他們也會毫不猶豫開廠車出來幫忙。

　　運輸腹膜液是一項繁重的工作，每月30箱，沒有汽車運輸是無法完成的。有一次科裡的汽車出外工作，短時間不能回來，病人急需，不能耽誤，我只好用黃魚車（這是一種腳踏為動力的運貨車）到長征製藥廠搬運腹膜液。那年夏天，氣溫特別炎熱，我在40度高溫下，踏了3個小時車，才到浦東的家，我被烈日曬得像一條鹹魚，妻子見狀悲痛地說：還不如我死去的好。

　　我妻子的醫藥費之大，拖垮了她的單位：里弄加工廠。我每次到她的那個簡陋的小工廠報銷醫藥費，簡直不忍看他們領導的表情，那是一種痛苦、無奈、絕望的表情，他們不斷地訴苦，我的心理感受到沉重的負擔，無言可說，在財務科拿到錢趕緊走人。雖然區裡領導也出面支援過，杯水車薪，無濟於事，最後這個里弄小廠硬是被項雯娟的尿毒癥拖垮了，裡面幾十號職工統統失業回家。

　　我們已經面臨山窮水盡的地步。項雯娟的大弟項劍鋒，是一個有開創精神的人，提出自力更生解決醫藥費的難題，利用街面房子的有利條件，破門開店，這一創舉得到大家的一致支持，他們家人多，每一個人出一份錢作為開店資本，

很快一爿小煙雜店開張了，大弟為店取名為「一定好」，預示項雯娟的病會一定好。

「一定好」地處延安西路江蘇路口，地段不錯，生意也不錯。那時社會上的商品資源缺乏，要搞到熱門貨也不容易，我的任務就是到長寧區各個批發部去採購熱門商品，比如可口可樂、雪碧、青島啤酒、冷飲等，大弟到十六鋪去採購水果，項家的姐妹們輪流站櫃臺，母親負責伙食，父親總管，我空下來還搞一些商品宣傳工作，我有美術基礎，小店的門面裝飾很吸引人，比起附近小店看上去就光鮮得多了。我記得有一年夏季，我為冷飲做廣告，寫了一首打油詩，醒目地掛在店門口：盛夏時節汗濤濤，路上行人熱難熬。借問冷飲何處有，路人皆指一定好。如此用心，生意自然就好一些。更重要的是大家心齊，家人互助互愛，團結一心，小店搞地紅紅火火，每月利潤維持醫藥費有餘。

雖然醫藥費不愁了，我還是於心不安，看到項家人團結一心為我的妻子，聶家人總不能無動於衷，可是自顧不暇的聶家人，實在無能為力。我的父母親年歲已高，不要我照顧，已經是虧待倆老了，兄弟雖然多，他們在政治上剛剛解放出來，能夠自立已經不錯了，唯一能夠有機會幫助我的，只有在比利時的三弟崇平，他出國不久，立足未穩，根本沒有條件資助我。他在比利時首都普魯塞爾街頭賣畫，生意不錯，就是貨源不足，寫信來要貨源，最好是中國的水墨動物畫，我曾經學過一些這方面的畫，三腳貓水準，很快畫了十幾幅小貓小狗郵寄過去，三弟回信說，我的作品大受外國人歡迎，要我大量畫，後來我的一幅工筆劃小貓，竟然在比利

時美術展覽會上評為金獎，發給我一塊金質獎章。三弟源源不斷地把美元郵寄給我，朋友們看了戲稱我這是在畫美元。這個額外收入，全部補貼到醫藥費上。遠在美國的福姑媽，聽到我的情況，也資助過我。那時她年老體衰，經濟也不富裕，她那份愛心，永遠留在我的心中。

禍不單行，命裡註定我苦難未盡，1993年底我由於疲勞過度騎自行車出車禍，出院後兩個病人擠在一張床上。那年我的珠海姨媽到上海來看我，一進房子，一股藥味撲面而來，小小的房間擠了三個人：兩個病人躺在床上，12歲的兒子在旁邊哭。房子裡堆滿了藥箱，連坐的地方都沒有。姨媽見了這般慘狀，流著眼淚說：「富子，你怎麼會這樣慘啊！」

尿毒癥是一個陰森森的無底洞，完全靠錢來填補，能維持病情穩定，那就是謝天謝地了，同時期患尿毒癥的病友，沒有這個條件，兩年中，一個個都死了。項雯娟與死神鬥爭了十年，最後腹膜透析也失效了，又做了幾個月的血液透析，血液透析也失效了，醫生無能為力地說，項雯娟就要解脫了，維持十年也是尿毒癥患者的奇跡。1997年1月20日，項雯娟安詳地閉上了眼睛，永遠離開了這個受苦受難的世界，我們盡力了，大家都解脫了，我開始嚮往新生活，可以做自己喜歡的事情了。

後記；有一次我在愚園路上偶然遇到盧姍，我請她到附近的愚園咖啡館坐坐，邊喝咖啡邊聊往事，她聽到項雯娟與死神作鬥爭的故事，非常感動，更加敬佩我的那種永不言棄的頑強精神，她說：「你在小學讀書時，我就感覺到湖南

人的這種精神，一直沒有忘記你，那天在華山醫院幸會，你雖然疲憊、憔悴，但精神還在，我很高興能幫助你。」她又告訴我，她現在的家就在我父親家隔壁盛家，她的丈夫也是我童年的朋友，我們叫他奧大，以前在中波航線當船長。無巧不成書，我們都是好朋友，現在都退休了，一個甲子的風雲，盧姍風度依舊，我似乎又感受到當年那個小老師盧姍同學和顏悅色的溫馨。

# 染血的皮帶

　　蒯倍從新疆建設兵團返滬後，表情始終是陰沉沉的，即使難得一笑，也是似笑非笑地哼一聲，一個休止符號，立即恢復那陰沉沉的臉色。他的服裝更是奇特，八十年代了，還穿著六十年代紅衛兵的服裝，一根帶銅頭的皮帶，始終繫在腰間。有時候朋友問他，為什麼要這般打扮，他總是沒好氣地回答：「關你屁事！」

　　他唯一愛好的就是音樂，而且天分很高，只聽古典音樂，尤其是貝多芬的第五交響樂。當他聽到命運敲門噹！噹！噹！噹！的鏗鏘節奏聲時，激動得滿臉通紅。有時他會給人家講述柏遼茲用馬刀當指揮棒指揮樂隊演奏馬賽曲，激動得漲紅著他那馬臉，揮舞著手，模仿伯遼茲用馬刀指揮樂隊，看他那激動亢奮的表情，倒是像用馬刀廝殺敵人。誰都難理解他的內心世界。

　　八十年代是改革開放的黃金時代，許多年輕人闖蕩江湖，做起生意來，這也是賺錢最快的途徑。當時最好做的生意就是攝影，只要弄一個照相機和一些簡單的顯影設備，到鄉下給農民拍照，尤其是農村的年輕姑娘，打扮得三青四綠，紛紛爭著來拍照，生意特別好，一天賺上幾十塊錢，還算是毛毛雨。

　　蒯倍去了新疆庫爾勒做攝影生意，那裡是他混了十多年的老土地，人緣多，地方熟，在這裡做生意，確實是明智之

舉。攝影也是他的強項，照相機是德國製的萊卡，人家見了都眼熱，紛紛要他拍照。可是蒯倍並不熱心，老是向別人打聽些什麼事情，收集情報好像是他的主要工作。

一天他來到鐵幹裡克的一個團場，這裡新來了一個攝影團夥，蒯倍像找到知音一樣，眼睛一亮，立刻上前搭訕，和他們混在一起。

這個攝影團隊有四人，帶隊的是一個剃著平頂頭的傢夥，30多歲，看上去老成幹練，別人都叫他洪福立。蒯倍一改沉默寡言的習慣，和洪福立套近乎起來，問長問短說個不停。洪福立見蒯倍的照相機就感到此人有點來頭。

「朋友，你的這個相機德國貨，現在很少見。」

「祖上留下來的，到底是北京大城市的人，識貨，怎麼到新疆來了？」

「不是和你一樣嘛，賺點小錢，順便看看新疆的戈壁灘。」

「朋友，你在北京讀書認識蒯大富嗎，他和我同姓。」

「你問這個幹嘛？」

「看你這副腔調，好像有什麼祕密似的，怕什麼啊。」

「有什麼好怕的，他剛出道的時候，還是我的手下。」

「你吹吧，怎麼報紙上沒有看到你的名字。」

突然他警惕起來，不搭話了。

蒯倍繼續說：「看你的派頭，那時肯定是紅三師的頭頭。」

洪福立仍然不搭話，走開了。

過了幾天，他們準備離開這個地方，回北京去。

蒯倍對洪福立說：「朋友，幹嘛急著走，有一個好地方還沒有去過，你想不想去看看啊？」

「什麼好地方啊？」

「葡萄溝，離這裡十多公里路，我以前在那裡開荒過，邊上就是塔克拉瑪拉沙漠，極為壯觀，要不要我帶你去看看。」

洪福立動心了，約好明天一早出發。

早晨五時他們倆就出發了，沿著塔里木河往下游走去，沿河兩岸的胡楊樹點綴著荒涼的塔里木盆地，大漠景色別有一番豪氣。兩人邊走邊聊，蒯倍開始時做嚮導介紹沿途風景，漸漸話題轉變了。

「洪福立，你知道我為什麼還穿著紅衛兵的服裝？」

「朋友，我也感到奇怪，你的打扮早過時了，難道還留戀文革時代？」

「豈是留戀，更是刻骨銘心。」蒯倍眼睛流露出凶光，恢復了陰沉沉的表情。

「朋友，你心中好像有什麼難解的怨恨。」

「是的，老子算清這筆怨恨賬才脫掉這副狗屎衣服。」

洪福立感的對方的情緒陰沉可怕，不再聊這個話題了。

太陽漸漸升高，大漠的陽光火辣辣地，熱得兩人汗流浹背，都解開了衣服。蒯倍揮舞著皮帶惡狠狠地朝一顆枯死的胡楊樹抽去，嘩的一聲，胡楊樹轟然倒下。塔里木河下游河水乾竭了，胡楊樹多半都乾枯了，留下一具具紫褐色的僵屍骸骨，形態猙獰怪異。蒯倍一面走一面揮舞著皮帶抽打那些胡楊骸骨，樹碴飛揚，紛紛倒地。洪福立見蒯倍那副兇神惡

煞的模樣，不寒而慄，他碰了一些蒯倍說：「朋友，饒了那些胡楊吧。」蒯倍用陰森森的眼盯著洪福立冷冷地說：「好吧，饒恕它們，現在講一個故事給你聽。」

「我不想聽，趕快趕路吧。」洪福立有點害怕這個朋友了。

「不聽也要聽」蒯倍揚著皮帶惡狠狠說。

「講一個老婦人的故事」蒯倍忍著激情平靜地說起故事來。

「1966年除夕夜一列56次從濟南開往上海的火車，那個老婦人被安排到最後一節的悶子車廂裡，這種悶子車廂是用來裝運牲口的，以前德國法西斯裝運猶太人到奧斯維辛集中營，也是這種車廂，現在裝了滿滿的一車廂人，你知道為什麼嗎？」

「也許是政治原因吧。」洪福立囁嚅地說。

「呸！什麼狗屁政治。」蒯倍憤怒地說「他們都是普普通通的老百姓，有什麼罪不把他們當人看待。」

「火車開出濟南站不久，從前面車廂進來十幾個紅衛兵，個個都是穿著我這樣的服裝，手裡舉著小紅書，嘴裡唱著革命不是請客吃飯的語錄歌，殺氣騰騰地衝了進來。悶子車廂裡的人都是黑五類的家屬，個個驚魂未定，像驚弓之鳥畏縮在一起，見了這批殺胚衝了進來，驚慌得亂成一團。那個老婦人因為那天感冒身體不舒服，坐在地上，閉目養神。一個紅衛兵頭頭走到她前面，猛踢一腳喊道：「地主婆，站起來。」

「誰是地主婆！幹嘛隨便踢人啊。」老婦人仍然坐著不

理睬他。

「好啊，你這個地主婆還這麼囂張。」接著他解開皮帶，往她頭上猛抽一下，皮帶銅頭砸在她頭頂上，立即皮開肉綻，鮮血直流。老婦人抱著頭站起來抗議道：「你還有王法沒有！」

「毛主席指示我們要武，這就是王法。」紅衛兵頭頭叫喊著，繼續揮舞皮帶，沒頭沒腦地抽打老婦人，她被打得渾身是血，奄奄一息倒在地上。其他的紅衛兵見頭頭動武了，也紛紛解開皮帶，胡亂地抽打周圍的人，車廂內頓時血肉橫飛，變成了人間地獄。這群未成年的孩子，竟然把殺人當兒戲，個個都成了冷血動物。」

蒯倍激動得滿臉通紅，憤怒讓他語不成聲，稍微喘一口氣，繼續講故事。

「56次火車達到上海北站已是深夜，悶子車廂裡杠出來十幾個血肉模糊的人，無人領取，只好放在廣場上，通知員警來處理。」講的這裡，蒯倍已是淚流滿面，泣不成聲。

「黎明時分，圍觀的人越來越多，人們都麻木不仁，默默無聲地觀看。員警怕影響不好，驅趕圍觀群眾。一會兒，一個年輕女孩來領認屍體，她掀開了遮屍布，認出了老婦人，哇地一聲，慟哭不止，慘叫道：「媽！」，這個老婦人已經凍成冰血人了。

洪福立蹲在地上臉色慘白，雙手捂住耳朵，渾身發抖，他的精神防線完全被摧垮了。

「洪福立，站起來，看著我的眼睛。」蒯倍踢了他一腳說：「不要裝熊。」

洪福立哆哆嗦嗦地站了起來。

「你知道那個老婦人是誰。」蒯倍眼睛冒火，淒厲地叫道：「她就是我的媽！」

洪福立撲通一下，跪在地上哭著懺悔求饒。

蒯倍解開皮帶說：「我今天也要你嘗嘗皮帶的滋味。」說著揮舞著皮帶，狠狠地朝洪福立頭上抽去，那個銅質皮帶頭重重地砸在他的頭頂上，頓時皮開肉綻，鮮血直冒，接著又是一下，第三下砸下去後，洪福立扛不住了，雙手捂著頭站起來就逃。打紅了眼的蒯倍哪裡肯甘休，他揮舞著粘有血肉皮發的皮帶，窮追不捨。

蒯倍追著追著，發現他們已經進入了塔克拉瑪拉沙漠，在這裡迷路可是要性命的。他立即停止了追擊，洪福立見蒯倍停了下來，也停止了腳步，大口大口喘氣。

此時，蒯倍頭腦清醒下來了，他知道塔克拉瑪拉沙漠的可怕，糊裡糊塗進入，就休想活著走出去。以前他曾經在這裡開荒，就有幾個隊員誤入荒漠，死在沙漠裡，甚至屍骨無存。

他叫住洪福立，幫他清理一下傷口，此時不能再算舊賬了，在這個茫茫的沙漠裡，生存是當前第一位的事情，多一個人，多一份力量，就多一份希望。蒯倍還是有一點經驗的，他帶著他的殺母仇人沿著血跡往回走，亂走一步都是危險的。還有一個致命的危險也在威脅著他們，他們的水本來就帶得不多，餘下的在追趕中丟失了，必須儘快走出沙漠。

天色已晚，夜幕降臨，風聲呼嘯，狼聲嚎叫，荒漠的夜晚猶如地獄那樣可怕。晚上看不見血跡，絕對不能盲目地亂

走，如果等到白天，血跡早被風沙掩蓋了，失去指方向的路標，就等於死亡，他們絕望的緊緊靠在一起。

突然蒯倍想起在開荒時的老隊長，他是當地人，對沙漠比較熟悉。他曾經告訴隊員，如果在沙漠迷路，千萬不能在白天亂走，白天陽光太猛，亂走容易身體失水，必死無疑。只要等到夜晚就有辦法了，夜晚天氣涼快，身體不易失水，更重要的是可以看星星，辨別方向，只要找到北斗星就知道方向了。蒯倍抬頭張望天空，整個天空烏雲密佈，黑壓壓的一片，一個星光都看不到，他失望地歎氣道：「老天存心要滅我們了。」洪福立沒有失去求生欲望，他說：「今天晚上不行，等明天晚上，肯定有星光的，我們不能失去信心。」

沙漠之夜又寒冷又恐怖，他們依偎坐在地上，誰也睡不著覺，只好聊天挨時間。

「朋友，你是怎麼知道這些事的。」

「是李阿姨講給我聽的，她那天陪伴我母親一起來上海的，她也挨了幾皮帶，受了一點傷。是她通知了我的家人。」蒯倍回想往事，心情又激動起來「家人怕我亂來，瞞著我，說母親是生急病死的，甚至不讓我去見母親最後一面，家人那神色慌張的樣子，使我產生了懷疑，決定打探母親之死的真相。」蒯倍情緒激動，說不出話來。

「朋友，不要激動，慢慢地說，我不會逃的，走出了沙漠你再用皮帶抽我就是，我這是罪有應得，打死也不叫冤。」

「我到李阿姨家，威脅她說，如果不講出真相，我到北京去告狀。李阿姨怕事態擴大，就把真相原原本本告訴了

我。」

「那你這麼知道是我幹的呢。又是怎麼找到我的呢。」洪福立倒是很平靜，似乎是第三者在審案。

「當時悶子車廂內一片混亂，李阿姨只聽到紅衛兵叫了一聲紅狐狸，她猜想紅狐狸就是他們的頭頭。我就根據這個線索，追蹤兇手。調查了十幾年，終於得到一絲線索，追蹤到這裡，確定你就是紅狐狸。」蒯倍看了洪福立一眼說：「你是不是洪學智的兒子？」洪福立沒有回答，轉移話題說：「那時我們都是年輕的學生，被血統論毒害，以為自己是優秀血統，高人一等，傲慢愚蠢，再加上毛主席的煽動，我們血液沸騰，頭腦發熱，失去理智，幹出了這種惡事，後來頭腦清醒下來，才感到自己罪惡深重，良心上背上沉重的十字架，噩夢繞身，常常整夜不能寐，真是生不如死。」

他們在原地不動，盡量保持體力，熬過了一天一夜，第二天晚上天空晴朗，明月高照，繁星閃耀，他們很容易地找到了那顆明亮的北斗星，朝北斗星方向走，就是葡萄溝。他們兩天滴水未進，尿也沒有了，身體嚴重脫水，行走艱難，他們連走帶爬，黎明時分，一道沙坡欄在前面，蒯倍已經昏厥過去了，洪福立還有一點意識，他推醒了蒯倍，鼓勵他最後一搏，爬過這道坎就有希望了，蒯倍奮力爬了幾步，又昏過去了。洪福立昏昏沉沉地休息了片刻，再次推醒了蒯倍，繼續往上爬，爬了幾步又昏倒了，這次被洪福立猛力搖醒他後再也沒有信心繼續爬了。

他無力地說：「不要管我了，你一個人爬吧，不要都死在這裡。」

「不行，我不能丟下你。」

「別傻了，你不怕我的皮帶再抽打你。」蒯倍又不省人事了。

「現在還管得了那個，先走出沙漠，你想怎麼打就這麼打。」

蒯倍仍然昏迷不醒。任洪福立怎麼弄也叫不醒他。

洪福立盡到責任了，他完全可以一個人逃命，還可以擺脫蒯倍的報復，可是他的良知警告自己：你打死了他的母親，現在又要棄他而去，置他死地不顧，自己還有臉活在這個世上嗎！巨大的警告如雷擊般震動了洪福立，一種垂死掙紮的力氣陡然滲透了全身的細胞，頓時精神亢奮，力氣倍增，他解開蒯倍的皮帶，和自己綁在一起，一鼓作氣爬到了沙坡頂部。

這是一種短暫的爆發力，即刻就精疲力竭了，洪福立眼前一黑，失去了知覺。

洪福立被一陣清香濕潤的氣味熏醒過來，發現自己和蒯倍躺在沙坡下的草地上，周圍全是葡萄，紫的、青的、奶黃色的，顆顆水汪汪的垂涎欲滴。洪福立解開了皮帶，抖顫顫地站起來，拚命地摘葡萄往口裡塞，同時也往蒯倍嘴巴裡塞葡萄。

兩人都清醒過來了，興奮得在葡萄地裡打滾、喊叫，全然像兩個瘋子。他們吃足了葡萄，體力完全恢復了，走出了葡萄溝，沿著塔里木河就可以回到團場基地。

突然蒯倍發現自己的皮帶不見了，他臉色一沉，望著洪福立憤憤地說：「你把我的皮帶丟掉，就以為可以賴帳

了！」

　　「丟在葡萄溝裡，我去把它找回來。」說罷就往葡萄溝跑去。沒給多久，洪福立氣喘噓噓地跑回來，把皮帶交給蒯倍說：「你想怎麼抽就這麼抽打吧，這回我保證不逃。」

　　蒯倍脫下那套紅衛兵的衣服，接過那染血的皮帶，扔在地上，狠狠地踏著叫道：「狗屎！狗屎堆！」

　　「我們的賬算清了。」蒯倍冷靜地說：「其實你也是受害者，你已經大徹大悟了，怨有頭賬有主，這個元兇現在還躺在水晶棺材享受粉絲膜拜，總有一天會和楚平王的下場一樣，歷史是鐵面無情的。」

　　　　　　　　1983年初稿，後來遺失了，2018年重寫

# 和「屁精」在一起的日子

記得那是1973年5月份的事。那時我在提蘭橋監獄裡的勞動儀錶廠服刑。一天，徐隊長把我叫到辦公室，我坐在小板凳上靜靜地等待徐隊長的教育。這次徐隊長的表情有些異常，他沒有開口，只是低頭看著桌上的一份同犯寫上來的報告。良久他才抬起頭來問話：「307監房發生的事你知道嗎？」我立即想到一定是同犯小崇明昨天向我反映的事：甘惠生和胡文俊發生不正當關係。（那時我是學習小組的召集人，相當小組長）

他們三人關在307監房，甘惠生是三中隊臭名昭著的同性戀者。當時法律條款上稱這類罪行為雞奸，他就是犯雞奸罪進來的，刑期七年。大家都叫他為「老屁精」，也有人叫他為「老花旦」。胡文俊是閘北黑社會七匹狼之一，因打架鬥毆進來的，刑期七年，改造表現好，被隊長定為學習召集人。小崇明叫陸根生，長得像武大郎，是一個敦厚老實的農民，因喝酒時發酒瘋，無意損壞了毛主席寶像，被打成反革命，判刑七年。甘惠生是前天剛調進307監房的。犯人調監房是常有的事，隊長怕犯人在一個監房裡住久了，關係搞得太熟，不利於相互監督，所以常常把犯人調來調去。這次隊長把甘惠生調到307監房的目的是要胡文俊來監督他。這回隊長看走了眼，把胡文俊這頭色狼和甘惠生這個「屁精」關在一起，能監督得了嗎！甘惠生一進監房，他們就眉來眼

去，秋波頻頻。胡文俊原先是睡在靠鐵門一頭的。五月份天氣漸熱，睡在外面一頭自然風涼舒適，這也是集召人的特權，甘惠生和小崇明就只好睡在悶熱的裡頭。到了睡覺時，胡文俊主動和小崇明調換位置，和甘惠生睡到一頭，一睡下來，他們倆的手就不老實起來，過了半個多小時，他們以為小崇明睡熟了，胡文俊一頭鑽到甘惠生的被窩裡，肆無忌憚地幹了起來，他們翻來覆去，一會這頭，一會那頭，忙個不停，嘴裡還哼啊哼啊地，就像農村的驢打雄，折騰了一夜，第二夜，他們驢勁未減又折騰了一夜。小崇明哭喪著臉對我說：「我『南瓜』（崇明話，即難過）死了，我要調監房。」對同犯反映的事情，小的我可以擅自處理；大的就必須向隊長彙報，由隊長來處理。這件事非同小可，我正要向隊長彙報，隊長已找上了我。

　　我把小崇明向我反映的情況彙報了徐隊長。徐隊長是一個知識份子，剛從政法學院畢業派到這裡幹管教犯人的工作。甘惠生這種醜事他可能還是第一次聽到，有點不好意思，說起話來有點拘謹：「這個甘惠生也太不像話了，怎麼不知羞恥，他到那一個監房，那一個監房就不太平，被他搞壞的人不少。」停頓了一會，面帶為難神色地說：「聶崇永，我交給你一個任務，把甘惠生調到你的監房，由你來監督他，行嗎？」這還是第一次隊長徵求犯人的意見，問得我有些尷尬，我能說不行嗎，這不等於承認自己經不住屁精的誘惑，隊長會怎麼看我。犯人，特別是像我們這樣年輕的犯人，性欲問題的確是一道難關，為解決性欲而搞同性戀，我自信是不會的，寧願「五打一」，也不會與甘惠生幹那種膩

心巴拉的髒事。我不假思索地回答：「行！我決不辜負隊長對我的信任。」

當天晚上甘惠生調到我的監房裡來了，從今以後，我就要和「屁精」生活在一起，心裡真不是滋味，就如一腳踩到糞上的那種感覺。我無法回避，只得面對現實，儘快適應環境，克服那種厭惡感。

收監後，最大的快樂就是靠在鐵門上看書，監房的門是鐵柵門，八根豎杆三根橫杆組成，同犯稱八根鐵杆即是牢門。房內是不裝燈的，看書全靠走廊透進來的微弱燈光。今天我拿起書本，卻沒有那種樂趣，面對著「屁精」，我的好奇心勝過讀書，我的眼光越過書本，落在「屁精」身上，仔細觀察他的外表，窺探他的內心世界。

「屁精」這個名詞是上海人對那些娘娘腔的男人的蔑稱，他和上海人說的「雌婆雄」不一樣，「雌婆雄」是性變異，「屁精」是性變態，西方稱同性戀。在文化大革命中，這種人的行為稱為有傷風化，均套上雞奸罪名罰辦，重則十年，輕則七年，在50年代，這種罪行判死刑的也有。我面前這個性變態的男人三十來歲，一舉一動都帶有女人味，說起話來嗲聲嗲氣，絕對不是在作秀，而是很自然的表露。他的皮膚也和女人一樣，有皮下脂肪的柔軟感，肌肉也纖柔勻稱。但是他有男性特徵，臉上有鬍鬚，頸上有喉結，生殖器也正常（他小便時我偷看的）。他發覺我在打量他，便和我搭訕起來，在交談中我知道他也有老婆，還有一個女兒。他說與老婆同房純粹是盡丈夫的義務，感覺如同嚼蠟，毫無樂趣。一談到男人，他就眉飛色舞，勁道來了。他原先是上海

滬劇團的一個二等演員，擅長演那些低層的小市民，也演那種勞動阿姨的角色。在劇團內用他那特有的色相來勾引年輕英俊的男人，竟有一些男人被他搞得神魂顛倒，爭風吃醋，搞得單位裡烏煙瘴氣。據他說上海滬劇團的幾個名演員也和他有同性戀關係，他還得意地報出了幾個演員的姓名，什麼斐斐啊，潘生啊，這些都是上海灘上名噪一時的明星，由於冷落了以前的老戶頭，他們把他的醜事透露給他的老婆，老婆一吃醋就把事情搞大了，於是他便進了「提蘭橋」。甘惠生為此還耿耿於懷，恨恨地說：「這些殺千刀的，看我出去怎麼收拾他們，給他們看看老娘的厲害。」

第一夜，甘惠生見我與他談得蠻熱絡，以為我對他有意思，他以為在這孤獨寂寞的牢房裡，人的意志最薄弱，他自信在此時此地，他的誘惑力是無攻不克的。於是他發動了試探性的佯攻。先是用腳碰我一下，我不理他，只是移動了一下身體，他見我沒有反對，便加強火力，用腿搭在我的身上。那種踩到糞堆的厭惡感由然而生，全身一陣雞皮疙瘩，我怒不可歇，猛力把他的腿推開，並狠狠地朝他屁股上蹬了一腳，怒斥道：「老屁精，放老實點，否則我踢爛你的屁股。」他自知沒趣，一聲不響地倦縮在一邊睡覺了。

從此甘惠生不再騷擾我了。他這個人除了這個惡習外，為人還算可以，他不記仇，從不在背後搞小動作來算計別人（大多數犯人都有背後暗損別人的毛病），還能夠關心和幫助別人，勞動也很賣力。自從那天我蹬了他一腳後，他對我恭恭敬敬，但他老是罵我是「戇陀」，說刑事犯吃過、玩過、享受過，進來不冤，像我這種反革命犯說了幾句話就進

來了，冤不冤，還在裡面裝正經，真是一個大「戀陀」。我
不計較他的譏諷，因為這是反革命犯想說而不敢說的話。他
這個人有個特點，就是無話不說，這給我瞭解同性戀者提供
了有利條件。

甘惠生說他第一次發生同性關係是和他的同桌同學，那
時他才十五歲。對於他從何時起開始性傾向倒置的，他也說
不清楚，他只記得在童年時，他媽媽愛把他打扮成一個小姑
娘，十歲時又愛上了唱戲，拜上海滬劇團的一個演員為師，
老師見他長得眉清目秀，就教他學旦角，就是演男扮女裝的
角色。可以說他從小就是這樣娘娘腔的女人味。在發育之
前，他的性意識很模糊，談不上有什麼傾向。第一次遺精是
在十四歲。他記得在夢中一個男孩玩他的生殖器才遺精的，
這種快感使他念念不忘，他老是想起夢中的男孩，並以手淫
來模擬夢中的情景。後來他不滿足虛擬的對象，便和同桌的
男同學發生了第一次同性關係。從此他就一發不可收拾，成
了一個同性戀者。

他知道我瞧不起同性戀者，有一次他和我談起哲理性
的問題來。「你瞧不起同性戀者是因為你不瞭解其歷史和人
性的品格。」看不出甘惠生還有一套「屁精」理論，不能輕
視他，便裝出一付謙誠的樣子，靜靜地聽他述說。甘惠生情
緒高漲說：「一個人從娘胎裡生出來就有性的潛意識，也可
以說是本能。年幼的時候他們的性意識模糊，基本上沒有什
麼傾向，隨著年齡的增長，性的潛意識漸漸顯露出來，並開
始分化，大多數人傾向於異性，也有一小部分人性意識倒
置，傾向於同性。這是生理和精神的變異，與人的品格好壞

無關。」我覺得他的觀點有一定的道理，我自感不如，對他刮目相看。他感到在人格上和我平起平坐了，顯出那種自信得意的樣子說：「你知道『分桃』『斷袖』的故事嗎？」我搖搖頭，在這方面我沒有發言權，只能洗耳恭聽。甘惠生侃侃而談：「春秋衛靈公與彌子瑕的私人關係非常密切，照現代人的話，他們是同性戀關係。有一次君臣在桃園散步，彌子瑕摘了一隻桃子咬了一口，覺得其味甜蜜可口，捨不得一人享受，便把這個咬了一口的桃子分給衛靈公吃。下臣把吃過的東西給君王吃，這是欺君之罪，按律當斬。衛靈公非但不降罪於他，反而倍加寵愛地讚歎說：「子瑕最體貼寡人了。」他們的感情已超過君臣禮節之上了。這就是分桃的故事。另一則故事在西漢時代，大司馬董賢，為漢哀帝劉欣所寵愛，他們常同床共枕，恩愛有加。一天清晨，哀帝欲起床上朝，見自己的衣袖被董賢壓住，他見董愛卿睡得正香，不忍弄醒他，便抽出短劍割斷衣袖，起床離去。這種感情是異性所不能比的。這就是「斷袖」的故事。後人把「分桃」「斷袖」比如為同性戀。你聽了感覺如何？」說老實話，我一點沒有膩心的感覺，只覺得故事裡的人物有儒雅之風，無一點凡夫俗子之氣。甘惠生繼續說：「同性戀在西方國家不足為奇，也是一個人應有的權利。有些國家還在法律上保護那些同性戀者，允許同性戀者結婚。只有我們國家把其視為洪水猛獸，真是大驚小怪，少見多怪。」我看他在攻擊政府，並觸及到犯人的敏感問題──認罪伏法，立即制止了他，並嚴肅地批評了他一頓。

甘惠生的「屁精」癮頭很濃，在我的監督下又無法滿

足，只好意淫來解癮頭。只要他不攻擊政府，不觸及認罪伏法問題，我都不制止他。我的工作原則就是不要逼人太甚，監督過頭，聽聽他的「屁精」軼事，解解厭氣也無礙。

有一次他談到光學車間的「屁精」其口氣充滿著蔑視，把其講得一錢不值，屬於下等「屁精」，「屁精」還有貴賤之分，我算是開眼界了，便存心挑他，硬說光學車間「屁精」比他嗲。這可觸犯了他的尊嚴，他脫口罵了一句「五貝斯」髒話後說：「這個汙爛貨連火車頭都開得進，怎能同我比。」我聽不懂這同火車頭有什麼關係，他解釋說：「我們這一行白相有三種玩法，即手淫，口交，肛交。」甘惠生透露了他們行內的祕密，他的神態莊重，決無淫穢之意。他接著說：「我們最看重的是自己的肛門，就如姑娘看重自己的處女膜一樣，沒有遇到知己或身價高的貴人，是不會隨便獻出肛門。而光學車間的那個爛汙貨，肛門不值錢，濫弄，他的肛門是不是大得能開進火車頭。」聽了這個特別誇大的形容，我忍不住笑了起來。停頓了片刻，他帶有責怪的口氣說：「那天晚上，你蹬了我屁股一腳，我痛苦了好幾天，好在我這個人從不記仇，想開了也就算了。」我對他記不記仇無所謂，而對他的那個所謂的貞操充滿著好奇，便問：「那天晚上你給了胡文俊嗎？」「那個土流氓怎麼夠格！我只是隨便逗逗他而已。」我又問：「你這個寶貝傢夥有沒有給過人家？」「有」甘惠生毫不隱瞞，得意地說：「像飛飛，龐生那樣的明星，即有才氣又是帥氣，和這些人玩，其愉悅程度是一般人不能體會的。」他突然神情一變，惡狠狠地罵道：「都是那殺千刀的十三點女人（他的老婆揭發）害得老

娘進了『提蘭橋』。」

　　在監房裡，甘惠生除了意淫外沒有什麼花頭，一到勞動場所他就活絡了，時時在物色對象。我覺察到他對磨床間的蔣小雲有意思。蔣小雲犯流氓強姦罪進來的，刑期七年。此人長得比較帥氣，白晰的皮膚，還有一雙勾人的眼睛，他和別人說起話來，眼光總是飄浮不定，表明他的心術不正。甘惠生和他眼光一對就搭上了，這也叫心有靈犀一點通吧。甘惠生經常借磨刀的機會到磨床間隔壁的砂輪間去，此時，蔣小雲也會跟著去，兩人擠擠眼，碰碰肩，有時蔣小雲還摸一下甘惠生的屁股，解解饞。我是品質檢驗員，可以四處走動，見到這個情景，會立即過去干涉。為此蔣對我恨之入骨，揚言要請我吃生活。論力氣和野勁，我都不是他的對手，但我不怕，因為有胡文俊做我的保鏢。胡、蔣、甘在搞三角戀愛，矛盾很深。胡、蔣都想找機會打一架，擺平對方。我利用他們間的矛盾，從容不迫地進行我的監督工作。

　　有一次上晚班，甘惠生上廁所時，蔣小雲緊跟著去。那時我手頭上正好有一項檢驗工作，脫不開身。胡文俊的車床就在我的工作臺邊，我向他扔了一個粉筆頭，並使了一個眼色，他會意地點點頭，關掉車床，去了廁所。一會兒，我聽到廁所裡大打出手的聲音。我跑去看時，只見蔣小雲手捂著頭，血流滿面。大家推擁著他們到隊長辦公室。今晚當班的是楊隊長，是全隊有名的凶隊長，他最恨的就是搞「屁精」勾當，動不動就罵畜生，如果查明真相，他們三人非吃銬子不可還要受處分。他們三人嚇得直發抖，矢口不肯說出打架的原因，我也裝糊塗，沒有揭發他們。楊隊長沒有辦法，只

好訓斥一頓了事。從此以後蔣小雲把我當哥們，不再對我狠三狠四了。甘惠生當然也對我感激不盡，到監房後他把當時打架的情況講給我聽。當時甘惠生屁精癮發作，他乘我手上有工作脫不開身的機會，溜到廁所裡與蔣小雲碰頭。他們倆正好脫下褲子，還沒來得及幹，胡文俊進來了，他一見這兩個狗男「女」，火冒三丈，怒氣、醋勁、騷火一齊沖上腦門，抓住蔣小雲的肩膀，狠命一個大背包，蔣小雲頭著地，血流滿面。他豈肯示弱，抓起小便池中的掃帚，朝胡文俊頭上打去，搞得他滿頭尿水，胡文俊打紅了眼，奪過掃帚，用手臂一把夾住蔣小雲的頭，直往糞坑裡塞，這時大家聞聲趕到，把他們拉開。

太平了幾天，車間裡又發生了打架事件，輔助工崔福根被蔣小雲打得跪在地上求饒。這件事的起因又是甘惠生。

崔福根是一個可憐巴巴的小青年，他十歲就幹起扒手這一行當，到十八歲時已是三進宮老客。這次抃皮夾子抃到雷子（便衣公安）身上，結果是四進宮，刑期五年。他這個人除了抃皮夾子的本事外，什麼事都不會幹，只能在車間裡掃地搬運。這個人邋遢懶散，不洗衣不洗澡，渾身發臭，人又長得黑不溜秋，同犯們都叫他臭皮蛋，這綽號起得太恰當了，連隊長也呼其綽號。就是這樣一個不起眼的人，也看上了甘惠生，經常和甘惠生動手動腳，小摸小捏。甘惠生雖然討厭他，看他可憐，也不和他計較，一再忍讓。情欲衝昏頭腦的人，往往會誤解對方，一相情願地追求下去。臭皮蛋把甘惠生的忍讓視為有情，便得寸進尺起來。一次他乘為甘惠生的車床掃鐵沫子之機，把他那髒兮兮的手去摸甘惠生的屁

股。我前面說過，甘惠生是如何看重自己的屁股。臭皮蛋此舉，無疑在摸老虎屁股，自討苦吃。甘惠生遇到這樣的事從不張揚，他有懲罰對方的辦法。別看臭皮蛋的手抃皮夾子那樣靈活，摸起人家的屁股來卻笨拙不堪，他的手立即受到甘惠生那尖銳的指甲一抓，手上即刻出現五條血痕，這還不算完，甘惠生又告訴了蔣小雲，要他去教訓臭皮蛋一頓，於是就發生剛才打架求饒的事件。

甘惠生解氣了，他無不得意地對我說：「這個臭皮蛋也敢摸老娘的屁股，不撒泡尿照照自己的面孔。」我開玩笑說：「真是癩蛤蟆想吃天鵝肉，是不是？」甘惠生倒蠻有自知之明，他打著哈哈搖手說：「我那配得上天鵝肉，不好比，不好比。」

一直到1976年我刑滿出獄，我和甘惠生在同一個監房裡生活了整整三年，在這期間，他收斂了不少。徐隊長對我的工作也很滿意，他說：「要不是你對甘惠生的監督和幫助，他遲早會加刑的。甘惠生真要好好地感謝你。」我那敢接受如此高的褒揚，把功勞歸功於隊長的教育。

我刑滿後半年，甘惠生也刑滿出獄了，我們都留廠勞動，又生活在一起兩年。1978年上海市高級法院與我平反，回到原單位工作。臨別時，他來送行，傷感地說：「還是你們反革命好，我是沒有希望了。」

事情真巧，1992年我在淮海路思南路口和他不期而遇，他熱情地握住我手硬要請我吃飯，盛情難卻，便跟著他上了一個高級酒樓。幾杯酒下肚，他的話更多了，談的都是這幾年來的經歷。他回到社會上後，老婆管得他很緊，女兒是學

校的三好學生，為了顧及家庭和女兒的面子，他克制自已，不再去和男人偷情，和以前那些老戶頭也一刀兩斷。1987年他脫離了勞動儀錶廠，開了一個舞臺材料公司，生意紅火，現在發了財。他滿臉紅光，還是有點娘娘腔，端著酒杯敬我說：「老聶，我是不會忘記你的，我現在再也不是『屁精』了，我的性意識又顛倒過來了，現在難過的是女人關囉！」

2006年5月

# 地獄裡的笑聲

誰去過地獄，我去過，而且比地獄還要可怕。

1967年3月6日我這個隱藏得最深的反革命分子被革命群眾揪出來了，經批鬥後，由公安局員警押送至上海市第一看守所關押審查。

上海市第一看守所在南市區車站路一個高牆內。南市區在上海人的眼裡，屬於「下只角」，車站路更是名聲不好，這條街都是簡陋的瓦房，在中間豎起一座帶鐵絲網的高牆，四角建有崗樓，特別醒目，晚上裡面常常傳出淒慘的鬼哭狼嚎聲，人們相傳裡面鬧鬼，這一帶人稱其為人間地獄，路人經過這裡，怕「觸黴頭，總是繞道而行。

一扇黑色厚實的鐵門打開了，一陣陰風迎面襲來，所見到的都是鐵杆製成的門窗，還隱約傳來陣陣慘叫聲，我的精神本來就快崩潰了，被這陰森森的環境和恐怖的慘叫聲一嚇，感到自己已經進入了地獄。人死了，假如有地獄，進入地獄也不會有可怕感，活人進入了人間地獄，那才是名副其實的可怕。

我被編為番號368號，關在二樓15號監房，裡面只有一個囚犯，六十多歲模樣，臉色灰暗，死氣沉沉，衣服上別著34號的牌子。見我進來，臉上略現出一點生氣，主動幫我把被頭鋪蓋整理好，當座位坐。我茫然看著，一句話也不說，心想這個人一定是壞人，少搭訕為妙，我坐在他旁邊，大家

沉默無語。下午五時，開飯了，那伙食簡直是豬食，還有一股餿味，這個時候哪有心情吃飯，即便山珍海味也沒有胃口，何況這豬食般的飯。34號犯人吃得津津有味，他一邊吃一邊說：368，既來之則安之，飯一定要吃，否則身體吃不消的。我感到他是一片好意，便把飯給他吃了，他吃了一半，留了一半給我，我搖搖頭，他又把另一半吃了，幾乎是狼吞虎嚥。

監房大約十六平方，一個髒兮兮的水泥馬桶砌在牆角邊，散發出陣陣惡臭。黃昏燈光昏暗，沉悶窒息的氣氛籠罩著整個監房，底樓傳來淒涼的哼吟聲，令人不寒而慄。

34號不慌不忙地打開「座位」，鋪在地板上，躺在地鋪上呼呼入睡，疲憊不堪的我，胡亂地鋪好床，連衣服也不脫，躺在地鋪上，昏昏入睡了。

早晨七點鐘起床，每人發一盆冷水洗漱，八點鐘吃早飯，是紅薯粥，我還是沒有胃口，全部給34號吃了。他告訴我一天兩頓飯，晚飯一定要吃幾口，我聽他的勸告，晚飯胡亂地吃了幾口，這種沒有油水的豬食，差一點噁心吐了出來。我們二人靜靜地坐著，沉默無語，他閉目養神，我胡思亂想，真是度日如年。

囚犯一個個地被押送了進來，15號監房已經有10個人了，大家都挨個而坐，愁眉苦臉，沉默無語。其中有一個番號375號的人，看上去比較鎮靜，外表文雅，氣質不俗，他說起話來有條不紊，語氣斯文，一看就知道是一個有相當資歷的人。後來才知道他是著名文學家鬱達夫的侄子郁興治。

一天，監房門哐的一聲打開了，一個囚犯被獄警一腳

踢了進來，隨後把他的被頭鋪蓋扔了進來。這個人踉蹌了幾步，惡狠狠地罵幾聲法西斯。這個強頭倔腦的人，番號3號，瘦長個子，透露出一股不服管教牛脾氣。

他呆呆地站在監房中間，不知所措，375號幫他安排了一個座位，告訴他一些有關生活上的事項。剛剛坐定下來，監房門打開了，一個隊長（獄警）叫道：「3號提審。」

3號離開後，375號說，他見到過3號這個人，應該是王若望不會錯，他是共產黨的高級幹部，也是文學家，但是他看不慣共產黨幹部那些官僚作風，經常寫文章進行諷刺，受到黨內批評處分，還戴過右派帽子，此人在黨內是一個刺頭，遲早要進來的。

3號提審後回到了監房，還是那一股倔頭倔腦的模樣，不過他對我們這些難友倒是蠻隨和的，很快他就活躍起來。他掏出一個香煙屁股來說「剛剛提審時，我要求抽煙，否則不回答問題，提審員只好乖乖地給我一支煙。」在監房裡，絕對禁止抽煙，也根本無法弄到煙，很明顯3號在炫耀自己無視監規紀律，然後他作自我介紹。監規紀律規定不許談姓名和案情，3號根本就不吃這一套說：「我是王若望，大家不要叫我3號，叫我老王就是。」大家受到鼓舞，375號自告奮勇，首先作自我介紹了：「我叫鬱興治。」王若望興奮地說：「啊，你是不是鬱達夫的姪子，久仰久仰。」這一來死氣沉沉的監房氣氛活躍起來了，大家爭先恐後輕聲地自我介紹。那個34號的老頭名叫蒯伯濤，曾經是民國時期上海市最高法院院長。我對他的印象從壞人一下子變成好人，而且還有些崇拜的感情。

　　過幾天又增加了幾個囚犯，15號監房有16個人了，監房擠得滿滿的，已經滿員了，自從進來了王若望，監房的氣氛不再死氣沉沉了，只要看守走開，他就把自己的革命經歷當故事講給大家聽，他幽默地說：「我那裡是革命啊，他們說我是反革命，這不，現在真的和你們一樣了，都是反革命。」

　　上海第一看守所關押的都是政治犯，也就是所謂的反革命，林昭、陸洪恩都是在這裡經受殘酷的折磨，被判處死刑槍斃的，他們的冤魂不散，籠罩在每個人的心靈上。這裡臭名昭著，是不折不扣的人間地獄。

　　王若望又想出了新花頭，要大家自報案情，這是嚴重違反監規的行為，如果給看守知道了，要受罰的，輕則銬你幾天，重則把人銬吊在鐵門上，讓你生不如死。王若望說這完全是自願的，他首先自報案情。

　　王若望住在徐匯區的一個高幹社區，和社區的居民往來、交談也是很平常的事。有一天一個姓屈的老太婆到他家裡通知開會，順便聊聊天。大家對文化大革命中的一些現象感到不滿，尤其是江青搞的八個革命樣板戲，後來議論到毛主席身上，王若望竟然失去了警惕性，對著毛主席像說：「您老人家紅光滿面，什麼時候翹辮子啊。」那個屈老太婆把這句大不敬的話舉報給造反派，於是王若望被隔離審查，再加上他過去的一些反動言論，被造反派送到公檢法，當現行反革命罪押送的這裡進一步審查。

　　聽了王若望的所謂罪行，大家都為他擔心，王若望卻若無其事地說：「當時只有我和她倆，死無對證，憑這個老

屈兮（死）一句話，我死不承認，他們無法定罪。」我們問他，那天獄警為什麼那樣粗暴地踢你進來，王若望說：「獄警向我宣傳黨的政策，坦白從寬，抗拒從嚴。」我不屑一顧地說：「我是老黨員了，黨的政策還輪不到你來教我。」獄警罵道：「他媽的，在這裡還擺什麼老資格。」於是朝我屁股上狠狠地踢上一腳。大家都笑了起來。

　　輪到鬱興治談案情，他還沒有開始說就笑了起來，他笑著說：「我是反革命唆使犯。」談到案情還笑得出，我們的好奇心更強了。

　　「我是國際航線遠洋輪的大副，有一次輪船過巴拿馬運河，排隊等的時間比較長，我帶領一些船員上岸休息。我們在露天咖啡棚喝咖啡，見當地小販兜售一種墨猴，小巧可愛，價錢也不貴，我們每人都買了一隻玩。」鬱興治的故事牽扯的外國，那時共產黨對國外的資訊控制得很嚴，現在他談到外國的風土人情，那簡直是天方夜譚了，大家聽得津津有味。

　　「上船後，我把小墨猴帶到自己的臥室裡，它非常調皮，在房間裡好奇地跳來跳去，一不小心把毛主席石膏像打翻，掉在地上碎成幾塊，我驚慌失措，連忙清理掉，把碎掉的毛主席石膏像倒到大海裡。誰知這一切行動被一個造反派船員看到。輪船到了上海港，那個造反派船員揭發了我破壞毛主席寶像的行為，在批鬥時，我辯護說這是小墨猴不小心打碎的，是無意的。那個造反派船員，不依不饒，他說，許多人都買有小墨猴，為什麼他們沒有打碎毛主席寶像，唯有你一人的猴子打碎毛主席寶像。他分析得有條有理，我暗暗

叫苦，只好由他上綱上線。這個該死的造反派繼續分析，他把我的家庭出身說成是反動文人和資產階級，出於階級仇恨，咬定我唆使猴子打碎毛主席寶像。我有口難辯就成了反革命唆使犯。」說完他又笑了，那是一種苦笑，大家忍不住也笑了起來。

　　這種故事般的案情很有趣，一個姓王的造反派小頭頭不甘落後，爭著自報案情。他先狠狠地罵道：「那個走資派陰啊！」。他接著說：「我是被那個走資派陰進來的。」故事是這樣的：這個姓王的造反派小頭頭是上鋼三廠的工人，組織一個什麼反到底造反派，他是這個組織的頭頭，黨委書記是他們的鬥爭對象，批鬥這個廠裡最大的走資派時，大家紛紛發言，上綱上線，火藥味很濃。黨委書記低頭哈腰為自己辯護。這個王頭頭是一個大老粗，講不出什麼大道理來反駁，每當黨委書記辯護詞語出口，王頭頭就憤怒地高喊「不許放狗屁！」。黨委書記掌握了這個規律，在辯護時，他突然高喊「毛主席萬歲！」王頭頭不加思索地如法炮製喊道：「不許放狗屁！」好！這一下他被套進去了，保皇派揪住他不放，說他反到底的矛頭一直反到毛主席，以惡毒攻擊污蔑偉大領袖毛主席的罪行，打成現行反革命，押送的這裡。這個王頭頭講完了他的案情故事，嘴裡還不斷地喊著：「陰啊！惡啊！」看到他那個狼狽相，大家笑得前俯後仰。

　　坐在馬桶旁邊的大塊頭站起來，做了一個演員向觀眾致禮的動作，大家的注意力馬上集中的他身上。他正要說話，王若望擺擺手要他坐下，不要太招搖，會引起監房外的看守注意。

這個大塊頭自稱是姚慕雙的學生，是一個唱單口相聲演員。他的開場白很獨特，唱起繞口令「金鈴塔，塔金鈴，金鈴塔上十八層……」，那個反到底造反派頭頭一改剛剛的沮喪狀態，也跟著調子哼唱起來，被王若望制止。

大塊頭停止說唱，長長地歎口氣說：「我唱了一輩子繞口令，今天被繞了進來，真是碰著赤佬了。」

這又是一個有趣的故事，大家靜靜的等待下文。

「文藝界搞批鬥最起勁，幾乎天天搞，時時搞，不搞渾身難過。」大塊頭咬牙切齒地說：「九大剛剛閉幕，單位的頭頭就立即開會批劉少奇，打倒劉少奇，毛主席萬歲，口號喊得震天響。這兩個口號喊得越來越快，越來越頻繁，我覺得這口號變成了繞口令。繞口令本來是我的拿手好戲，這次卻在陰溝洞裡翻了船，糊裡糊塗把口號喊倒了：打倒毛澤東，劉少奇萬歲。當我清醒過來，已經乘噴氣式飛機押上批鬥臺上，我連忙認罪，想糾正剛剛喊倒了的口號，誰知道我慌慌張張地又把繞口令般的口號喊倒了，完了！我腳一軟，癱倒在臺上，操那！阿是碰著娘格大頭鬼。」他還沒有講完，大家已經笑得腰都伸不起來了。在監房裡怕被看守聽到，不敢大聲笑出來，肚子彆扭得難受，王若望一面笑一面說：「大塊頭，儂勿要講了，阿拉笑得吃不消。」

本來挨到蒯伯濤談的，他搖搖頭說：「你們都是口腔科，我是歷史科，沒有什麼好聽的故事，還是小聶談吧。」

「口腔科」就是攻擊污蔑毛主席，這種所謂的罪行太普遍了，沒有什麼趣味性，炒冷飯的情節大家也不感興趣，我揀了其中的一個情節來吊吊大家的胃口。

「我是犯反革命吃貓罪進來的。」

「吃貓肉也有罪啊！」果真把大家的胃口吊起來了。

「事情要從61年開始講」我的記憶回到那個飢餓的年代「有一天我的一個高幹子弟朋友，把上海市委書記陳丕顯家的波斯貓抓來了，要我殺了吃，饑腸轆轆的我見到這只肥壯的貓，眼睛都發綠了，管他是誰家的貓，立刻殺了熬成一大鍋貓肉，叫來幾個朋友美餐一頓，我還把貓油裝在瓶裡，帶到廠裡吃。」我停頓了一下，王若望插話：「你的膽子夠大的，連市委書記的貓也敢吃。」我說：「市委書記倒沒有找我的麻煩，他也不會管這些雞毛蒜皮的小事，麻煩的是一個女工揭發了我。」王若望問：「你吃貓，那女工怎麼會知道的？」

「那天中午飯吃麵條，我挑了一些貓油放在麵裡，坐在我旁邊的女工以為是豬油，也要了一點吃。事後我告訴她是貓油，她噁心得要吐出來，我們一笑了之。」大家問：「後來呢？」

「文化大革命廠裡的大字報滿天飛，那個女工寫大字報揭發我吃貓的事情，並上綱上線把貓比擬為毛，說我對毛主席大不敬。工宣隊如獲至寶，將我隔離審查，一查我家庭成分，牽出來祖宗十八代反動歷史，我有一百張嘴也說不清。」

「本來我在單位裡表現還不錯，還會畫畫，廠領導交給我一個光榮任務，畫一幅毛主席去安源油畫像。那時候畫毛主席像有一個潛規則，那就是只能用熱色，不能用冷色，所以那時候的毛主席像的臉部，總是有焦的感覺，不好看。我

畫的時候，不管那一套潛規則，冷熱色彩調和恰當，臉部色彩很滋潤，神采奕奕，博得大家一致稱讚，認為我最熱愛毛主席。這回吃貓事件，工宣隊和廠領導稱揪出一個隱藏得最深的反革命分子，也算是廠裡的一樁大案。」

講完了這個故事，大塊頭問：「貓肉的味道好吃伐？」「味道相當鮮美。」我有心把鮮美二字加重語氣，可以感覺到大家在咽口水。王若望趁機煽風點火：「小磊，儂勿作行（上海口語：不可以），弄得大家饞吐水嗒嗒滴。」全監房的人都忍俊不禁。

現在大家的情緒穩定下來了，那種死氣沉沉的氣氛緩解了，唯一難受的就是饞，以前我聞到那飯菜的餿噴氣就噁心，現在那噁心的餿噴氣變成香噴噴了，吃起飯來也狼吞虎嚥了，成天想的就是吃。有一天的菜是黃瓜，那黃瓜燒得糊耷耷，餿噴氣更重了，這種伙食簡直是虐待犯人。王若望發揮他的文學才能，搞出一個新花頭，逗大家樂。

他先朗誦了一首陸遊的詞釵頭鳳：「紅酥手，黃藤酒，滿城春色宮牆柳。東風惡，歡情薄，一懷愁緒，幾年離索。錯、錯、錯。……」他語音一變，接著朗誦「紅薯粥，黃瓜餿，滿屋穢色鐵窗幽。紅燒肉，摜奶油，一想美食，口水直流。流、流、流。」哇！難友們又是鼓掌又是嘻笑，興奮的情緒難以抑制。監房外面的看收慌了手腳，大聲吼道：「你們這些反革命分子想造反啊！」哈哈哈……。

# 品味自由

自由是什麼滋味，一般的人是體會不到的，只有失去自由又重獲自由的人，才會感受到那無與倫比的甘甜。哦，不對，這種滋味不是一個「甘甜」所能涵蓋得了的，它是酸甜苦辣釀造出來的瓊漿玉液，品嘗一口，就會「醉」一輩子，終身難忘。

我，番號為7242的囚犯，今天是刑滿釋放日，獲得自由的同時也恢復了自己的姓名——聶崇永。這一天是我最興奮最難忘的日子——1976年4月6日。

剛吃完早餐，中隊管教員徐隊長傳我到辦公室辦理出獄手續。

「報告」，犯人進隊長辦公室前必須喊的話。這次徐隊長破例親自開門請我進去。照例犯人要坐在辦公桌前的小板凳上聆聽隊長的訓導，我剛要去坐那小板凳時，徐隊長用手示意要我坐在辦公桌邊的椅子上。能和隊長平起平坐，真是受寵若驚，誠惶誠恐的我那敢大模大樣往椅子上坐，只把屁股挨在椅子的一個角上，露出一副犯人的謙卑相。在那極左的年代，犯人的人格和自尊被隊長開口閉口罵我們是社會渣滓，早已蕩然無存了，成了一個唯唯是諾的賤民。

「我代表政府宣佈，」徐隊長嚴肅地宣讀：「聶崇永在無產階級文化大革命中，惡毒犯攻擊偉大領袖毛主席和林彪付主席的反革命罪，判刑七年。經政府隊長的教育，學習

毛主席著作，改造反動資產階級世界觀，轉變反動立場，走改惡從善道路，取得了優良成績，經上級部門的批准，准許聶崇永於1976年4月6日刑滿釋放。」這是一套官樣文章，其實，只要犯人在裡面沒有重新犯罪，不管改造好壞，到期都得依法釋放。

　　宣讀完畢，徐隊長一改剛才那副嚴肅面孔，和靄可親地和我說起心裡話來。他不斷表揚我在勞動改造中所取得的成績，還告訴我到了社會上應該注意些什麼，他的語氣誠懇，完全不把我當階級敵人。徐隊長在我們犯人中的口碑是一個通人性的隊長，他處理問題通情達理，從不罵犯人是社會渣滓。他是政法學院畢業的大學生，不知為什麼分配到勞改單位幹這苦差使。剛到我們中隊第一次講話就出洋相，稱呼犯人應該叫同犯，他卻稱呼我們為同志，犯人們都哄笑起來。徐隊長不像那些訓起話來火藥味十足的「阿土隊長」，說話帶有知識份子的斯文氣，人情味，他以平等的地位和我們說話，經常和我們講形勢故事，什麼攀枝花鐵礦，越南戰事，中美關係等等，講得繪聲繪色，相當鼓舞人心。我們的命運和國家形勢緊緊地扣在一起，形勢好，我們的前途就有希望；反過來，我們就跟著倒楣，刑滿釋放後一頂反革命帽子罩在頭上，不知何時何月才能成為人民（驢子前面吊著的一根胡蘿蔔）。識時務為俊傑嘛，我在大牆裡面改造表現還算可以，還當了一個小官──召集犯（學習組長），在勞動上，不分白晝黑夜埋頭苦幹，以此來打發時間。徐隊長很器重我，每年年終總結上報大隊的表揚名單，我總是排在第一位，這份殊榮，莫說同犯，就是隊長和我說話，也是客客氣

氣的。

徐隊長很快辦好了出獄手續，交給我時，還握了我的手，我感動得熱淚盈眶，連連感謝他對我的教育和幫助。

上午九時，我終於像小鳥出籠，飛出了監禁我七年之久的牢籠。外面的世界真美好，碧空如洗，陽光燦爛，還有那一片心曠神怡的田地，自然的色彩和諧溫馨，讓人心花怒放，百感交集。我跪在地上親吻著這塊久違的自由土地。

我服刑的勞動儀錶廠，地處上海郊區的老滬閔路上，自從開闢了新滬閔路，這條路就被冷落了，久而久之，這偏僻的地方便成了世外桃源。要上市區只有一條徐顓線公車，一小時一班，廠門口就有一個車站。在這裡候車的人，大都是刑滿留廠人員（廠員），一上車就被乘客認為是壞人，愛面子的廠員寧願多走一站路上車，也不肯在這裡丟人現眼。此時我還是光頭，一副犯人腔，明擺著是一個壞蛋，當然也不願意在這裡上車。好在有一個廠員告訴我另一條回家的路：沿著廠旁邊的一條農田小徑往北走，半個小時可到朱行鎮，那裡有50路公車上市區徐家匯。他還特意說這一路田園風光，可以調節一下心態，找回自我，樹立信心。這正合我心意。

今年的春天來得特別早，陽春三月的田野已是一派生機盎然。黃燦燦的油菜花一片連著一片，望不到盡頭，空氣中瀰漫著濃鬱的油菜花的清香味，滋濡心肺。最愜意還的是那徐徐暖風，柔和得像少女的肌膚，摩蹭著我的全身，弄得我陶陶然、昏昏然。七年的監獄生活，看到的不是高牆、鐵欄杆，就是令人窒息的灰色水泥牆壁，對比眼前的景色，那

真是天上人間啊！這裡人煙稀少，我環顧一下周圍，見沒有人，忍不住要發洩一下抑鬱了七年的怨氣，便放聲大叫：「我自由啦，自由萬歲！」

　　三月的田野，明媚的陽光，醞釀著純真的自由氣息，沐浴我的心身，我情不自禁地吹起口哨，最喜愛的孟德爾松的「春之歌」婉轉於柳梢花叢之間。我行行復停停，時而駐足觀看花叢中忙碌的蜜蜂，時而躺在草地上沾一身青草味，時而在田間小徑上旋轉，跳華爾滋舞，時而拾起石塊扔到池塘裡，打一串水漂……盡情地享受無拘無束、隨心所欲的痛快，津津有味地品嘗著這久旱逢甘露的自由。

　　自由女神風情萬種，款款而來，自由啊，你好！你是陽光，在我陰霾壓抑的心中又燃起了光明；自由啊，你好！你是我的天使，在這荒郊原野，顯得分外純真可愛；自由啊，你好！你是我的情人，久別重逢的你對我格外親昵。記不清有多少次在夢中與你相遇，卻老是抓不住讓你，一溜煙就不見了，這回我可不會讓你溜走。我緊緊地擁抱她，她那原汁原味的氣息滲透我全身的細胞，她那無與倫比的溫存，撫慰我那受傷的心靈，在我的懷中扭動撒嬌，那麼淘氣，那麼迷人，那麼柔情，我貪婪地親吻她，從頭到腳……蒼天啊！感謝您賜予我自由女神，別再讓她離開我。

　　遠方有一片桃樹林，粉紅色的桃花綻滿枝頭，遠遠望去，像一片桃色的火焰，十分誘人。可是，去桃園的路偏離了我前進的方向，七年的監禁，幾乎喪失了我的機動思維，我猶豫起來。不過，我很快就清醒過來，現在又不是在監獄裡，又沒有隊長看管，時辰還早，過去看看又何妨。我胡亂

地吟了兩句唐詩：「人面桃花相映紅，桃花依舊笑春風。」便欣然前往。沿著蜿蜒的田埂在半身高的油菜花叢中行走，不一會就到了桃樹林，眼前呈現出柳暗花明又一村的迷人景致。林邊有一個清澈的池塘，岸邊有一座青磚茅屋，縷縷炊煙從煙囪升起，一個農家少女正在池邊洗衣，她身穿粉紅色土布小褂兒，體型畢露，動態誘人，全身洋溢著青春的氣息，散發著質樸的芬芳。天啊！這簡直就是米勒筆下的油畫。我怦然心動，便坐在林間的草地上，目不轉睛地欣賞這妙不可言的天地造化之傑作。

這是我七年來第一次看到的異性。在監獄裡不要說女性，就是女人的畫像都看不到。在勞動和生活場所，貼有一些革命樣板戲的宣傳畫，隊長怕我們看到女人的形象會動歪腦筋，只貼那些沒有女人形象的宣傳畫，如智取威虎山，海港，紅燈記之類的，白毛女，紅色娘子軍的畫，絕對不會貼出來的。現在活生生的村姑就在眼前，性感如觸電般地顫抖著我的心。我絕非存不軌之心，在「廟裡」唸了七年「經」，深入腦海，雖然也耳聞目染了不少三教九流無五花八門的東西，但我總是保持政治犯的清高，不和那些刑事犯同流合污，此時我絕對不會幹違法的事，只是想找個藉口，譬如討口水喝，和她聊聊天，扯扯家常，享受一下和姑娘在一起的愉悅。我剛起身，還未跨出第一步，心就虛了，自信逃之夭夭，自卑油然而起，連見一個黃毛丫頭的勇氣都沒有，真是窩囊啊！

我打消了去和那農家少女搭訕的念頭，坐在原地呆看。此時此景怎是一個看字了得，我的「小夥計」青春勃發，躁

動不安，我虧待了它七年，現在該是安慰它一下的時候了。昏昏然的我進入了沾花折柳的虛擬世界，慾火使血液沸騰，快意如火山噴發，岩漿如決堤的洪流，奔騰而出，七年積壓的「陳貨」在幾秒鐘之內一瀉而盡，片刻的飄然和虛脫後，我又回到了現實世界，我不知所云地喃喃自語：「罪過，罪過。」村姑悄然而去，只剩下池塘裡的串串漣漪和我那滿腔的愁緒。

我返回了原道，周圍景致依舊，好心情已不再。沒有自信焉有自由自在，剛才那種對自由的衝動煙消雲散了。自由女神就如一個吉普賽女郎，她不會像剛才那樣浪漫多情地與我長廝混，等我一到紛繁複雜、芸芸眾生的社會，她就會失去純真，不再可愛。儘管如此，我愛她依然如故，永不變心。

我下意識地摸了一下自己的光頭，可以想像此時我的模樣是多麼難看，本可以戴一頂帽子掩蓋一下，徐隊長教我大膽到面對社會，不要躲避，這樣才能很快適應社會。路上的行人逐漸多了起來，我越來越感到侷促不安，我明顯的覺得「吉普賽女郎」已經無情地與我分手了，在我頭髮沒有長好之前，她是不會理睬我的，一種莫名的傷感湧上心頭。

朱行鎮到了，一股似曾相識的香味撲鼻而來，是那麼親切，有如久別重逢的老友，勾起我懷舊之情──坐在街頭小攤頭桌邊吃香噴噴的陽春麵。久違了，陽春麵！它以親切的香味，第一個來迎接我進入社會，我順著這「親切的使者」的引導，來到一家農家風韻的小麵館，一位身穿本地服裝的老闆娘熱情地迎我入座，一會兒，端上一碗熱氣騰騰的陽春

麵。那碗，是農村的藍邊大碗，敦樸潔淨；那麵，下得整整
齊齊，上面撒著碧綠上青的蔥花；那湯，漂著朵朵油花，清
澈透香。看到這地地道道的陽春麵，精神為之一震，食欲大
開。我用筷子挑起一束麵，在鼻前深深到吸了一下，然後大
口大口地吃起來，嘴裡還發出嘖嘖和呼嚕呼嚕津津有味的響
聲，其吃相著實難看。老闆娘看了很高興，在收碗時她說：
「一看你這位同志吃陽春麵的樣子，就知道你是老吃客。」
接著她滔滔不絕地介紹本店的陽春麵來：「我這麵條啊，是
用富強粉手工揉的，蔥是屋後自留地種的小香蔥，油是豬身
上最好的網油熬的，湯是用井水煮的。你看，這麵下得麵是
麵，蔥是蔥，一清二爽，真是好吃好來。」我聽她稱我同
志，一點也不在意我那難看的光頭，又是那樣熱情好客，心
情自然好了起來，也學著她的本地口音說：「同志，你的陽
春麵真是好吃好來，再來一碗。」一下子我感到自信回來
了，自由女神回眸一瞥，那個滋味讓人神魂顛倒。

2007年10月

# 甜蜜蜜的時代

　　說上世紀八十年代初期，是一個甜蜜蜜的時代，一點也不誇張，至今那甜蜜蜜的滋味還在心中發酵。

　　「甜蜜蜜，你笑得甜蜜蜜，你像花兒開在春風裡。……」在馬路上、在電車上、在公共場所，常常可以見到戴著「蛤蟆鏡」（上面還貼著像白內障似的商標），穿著喇叭褲，手上提著「三洋」四喇叭答錄機的青年人招搖過市，所到之處，響徹著鄧麗君甜蜜蜜的歌聲，還伴隨著「春天來了，大地在歡笑……」的藍色多瑙河圓舞曲。

　　中國以前就像一個大監獄，老百姓天天忍受著階級鬥爭的煎熬，現在鄧小平、胡耀邦打開了牢門，去掉了階級鬥爭這個緊箍咒，「囚犯」們一下子見到了陽光，呼吸到新鮮空氣，大地百花齊放，「goodmorningsun」，一個眼花繚亂的世界展現在「囚犯」面前。改革開放的浪潮洶湧而來，天天有振奮人心的消息，新的事物鋪天蓋地湧現，衝擊著「囚犯」的感觀，簡直是太陽從西邊出來，難以相信共產黨會變得如此大方，那種興奮、激動、驚訝的心情難以名狀，用朋友惠林的一句口頭禪：「吃不消」來形容，再恰當不過了。

　　我已經不是年輕人了，已過不惑之年，卻被這股甜蜜蜜的浪潮裏挾著，心態不亞於年輕人，和我年齡稍小一些的三弟、四弟、惠林等愚園路「元老」，摘掉「cap」（反革命帽子）一身輕，本性不改，又開始活躍起來。

　　家庭舞會是當時風靡一時的娛樂活動，我們當然不甘落後，愚園路1317號我的母親家便成了舞廳，我母親也喜歡跳舞，來者都歡迎，四方朋友聞風而來，最遠的住在虹口區的朋友的朋友也趕來軋鬧忙。不到二十平方的房間，最多時，舞友達到三四十人，陽臺上都擠滿了人，七弟應接不暇，有幾個搭頭朋友用香煙來巴結他，七弟很不耐煩地說：「我戒煙了！」。

　　上海婦產科醫院護士小吳是這裡的常客，年輕標緻，我母親患子宮瘤住院開刀，就是她護理的，她對別的病人態度一塌糊塗，對我的母親和家屬特別客氣，照顧也周到，所以我們也特別喜歡她，她也熱衷跳舞，每場必到，還看中了我的小堂弟小老虎，小老虎和她還有一段羅曼蒂克史，這裡就不詳述了。

　　跳舞少不了答錄機，那時四喇叭答錄機已落後了，音質也差，有一個朋友帶來一個索尼牌的八喇叭的答錄機，便成為我們這個家庭舞廳的座上賓，他不會跳舞，只是一個感受快樂氣氛的旁觀者，但是他還是樂此不彼，場場不缺席。

　　家庭舞會風剛剛在上海刮起時，許多小青年還不會跳交誼舞，如七弟、阿立頭、小老虎、陳宏等，都是趕時髦的風流小生，他們敏感地嗅到這是「捉人」（交女朋友）的最佳方式。然而，雖然風度翩翩，卻舞步笨拙，看著別人摟著漂亮的「肥鵝」翩翩起舞，自己蠢蠢欲動卻膽怯不前，那種感受按七弟的話說：「痛苦啊！」。

　　我過去在西安讀書時，學會了跳交誼舞，四步三步都能來兩下子。現在20多年沒有跳過舞，舞步有些生疏，不

過，練習幾下還能跟得上音樂節奏，於是我這個「三腳貓」就成了他們的跳舞老師，教基本舞步，四步怎麼並步，三步如何左右腳輪換旋轉。有一次在我們的基地（303弄45號）三樓學跳舞（父親和娘娘到北京旅遊去了），陳宏帶來一位年輕漂亮的姑娘，她是軍隊文工團的人，穿了一身軍裝，我們叫她liberationarmy，英姿颯爽，很是迷人，我和她跳了幾次舞，她的舞步輕鬆，感覺很好，陳宏看著似乎有些醋意，自己又心有餘力不足，那心情確實很痛苦，那時他剛出道，身手還比較嫩，他是一個不甘心落後的人，後來混出了一身「花功」，獲得「老黑魚」的綽號，「捉人」無數。

這些後起之秀肯下苦功，學得很快，青出於藍勝於藍，可以說飛躍進步，把四步舞的呆板並步節奏發揮到「外並步」，舞步更加靈活自如了，很快他們又學會了跳「吉踏巴」、「倫巴」舞，尤其是小老虎的「吉踏巴」跳得出神入化，他拉著女舞伴旋轉，力度和節奏配合得相當融洽，就如抽「賤骨頭」那樣得心應手，我這個老師只能自歎不如，甘拜下風。

愚園路1317號對面的老任家也是一個我們常去的家庭舞廳，老任原來是體育老師，後來乘改革開放之風，在社會上混了一陣子，名片上的銜頭起碼是總經理級別，手頭上的「米」（鈔票）兜得轉，屬於土豪檔次。他再老魁，在我們這些「元老」面前還是有自知之明，不敢忘乎所以，能夠請我們到他家跳舞感到榮幸。吸引我們到他家跳舞的是他家的兩隻「肥鵝」——老任的千金小姐，大的叫任紅，小的叫任珞，都是豆蔻年華的少女，尤其是任紅，長得特別甜美動

人，惠林對她們垂涎三尺，刺激他那富於搞笑的靈感，想像老任笨拙的舞姿（像袋鼠跳躍），給她們取了一個「大袋鼠」「小袋鼠」的綽號，名稱雖不雅，卻讓我們神魂顛倒。

老任喜歡講情調，「攢派頭」，客廳佈置得清清爽爽，打蠟地板拖得閃閃亮，答錄機也高檔，磁帶錄的音樂也很流行，逢節日還有點心招待。有時來的舞客比較雜，氣氛不好，老任就暗地裡通知我們留下，於是按下答錄機，宣佈舞會到此結束，他送客的方式很不客氣，要大家免去說再見的客套話，趕緊走人。等那些不喜歡的人都走了後，他換上一盤好磁帶，按下答錄機宣佈舞會正式開始，節奏輕快的音樂蕩漾開來，我們輪流抱著「袋鼠」跳起舞來，她們那清香粉嫩的臉頰太誘人了，忍不住要啄一下她們的臉頰，惠林戲稱我們是啄木鳥，對「啄木鳥」的親昵，「大袋鼠」總是嫣然一笑，這種感覺那真正叫吃不消！老任對我們幾個「元老」只是服帖，並不看好，他當然「領得清」，我們中的兩個後起之秀小老虎、阿立頭有多少份量。他們少年英俊，聰明活絡，風度翩翩，又是名門子弟，他那醉翁之意不是明擺著的嗎。

我們這幫快樂的「啄木鳥」也感染了老任的妻子陸老師。有一次跳舞她興奮得有些失態，當著我們的面說：「以後我也要盡情地享受！」，被惠林取笑為：「以後我也要墮落了。」「盡情」超過一定的量度就是墮落，惠林恰到好處地將「盡情」推到極致，把陸老師描繪成「墮落」的幽默畫，才氣啊！惠林是我們的活躍元素，有了他在場，氣氛就熱鬧起來，他的「牛皮」靈感會隨時爆發火花，幽默別出心

裁，語言刻薄放肆，表情喜怒無常，搞笑蓬頭不斷。例如我母親家隔壁的徐先生，是一位有學問的人，偉林也很佩服他。這位徐先生有一個習慣，休息時歡喜到靠馬路的陽臺上觀看過路的佳麗，他眼神是那樣的專注，覬覦要透過衣服看到內部，被偉林形容成：「他的眼睛能把小姑娘看得懷孕。」這絕對稱得上是千古佳句，也成為了我們的經典「牛皮」。

還有一個家庭舞場更瘋狂，那是在江蘇路上月邨內，主人叫「老槍」，人長得削瘦削瘦。週六晚上他家總是賓客滿堂，他坐在外面只顧吃飯，啃雞腳爪，來者只要給他幾根香煙，就能進去了。客廳（舞廳）擠滿了人，滿地都是丟棄的香煙屁股，煙霧騰騰，簡直像一個燒窯場，難以想像這樣的場地怎麼能跳舞，就這樣「老槍」還要表演一番，擺魁一記，賣弄一下自己的水準。他啃完了雞腳爪，抹一下嘴巴，穿著一件像蚊帳一樣的寬大短袖襯衫，拖著拖鞋，分開人群，擠到客廳中央，音樂還沒有響，他就迫不及待地拉著他的女兒，擺出一個跳「吉踏巴」的舞姿，等待音樂響起，他就拉著女兒轉了起來。只見他那削瘦的身軀在煙霧中劈啪劈啪地轉來轉去，節奏對不對，他死人不管，只管拉著女兒旋轉，轉得她七葷八素，分不清東南西北，人群被他轉得東歪西倒，乘著興頭上，大家也跟著跳「吉踏巴」，用群魔亂舞來形容，一點不為過。這家「舞廳」太張揚了，吵得鄰居不得安寧，被人舉報，派出所來人把「老槍」抓起來，查封了他的家，「老槍」坐了幾個月牢房。

在這甜蜜蜜的時代，也有甜蜜過頭的悲傷。所謂甜蜜過

頭那就是我們第一次冒險的跑單幫行動，我們取了一個代號叫「曼哈頓」行動。

那時廣州是走私販的天堂，許多人到廣州去一次，購買一些便宜的走私商品，時下最吃香的有手錶、太陽眼鏡、牛仔褲等，回到上海來倒賣，可以翻幾個跟頭。我們中三弟是第一個「吃蟹者」，他身軀矮小精悍，活動能力很強，崇拜傑克倫敦，具有冒險精神，他模仿傑克倫敦「一千打雞蛋」的故事情節，獨闖廣州，一次就賺了好幾百元，我們看著他那短小靈活的手指數鈔票，心中癢西西的，也想通過跑單幫賺些外快，於是我們（惠林、四弟、小丁還有我）制定了「曼哈頓」行動，每人投資數百元，我投資最多達一千元，由三弟和四弟走廣州，到黑市場採購走私物品，主要是手錶。那時上海的手錶只有單一的上海牌和鑽石牌，式樣老舊呆板，價錢也不便宜。廣州的手錶是從香港走私過來的，有機械表，電子錶，造型新穎，價廉物美。走私販用蛇皮袋裝運，拿到黑市場販賣，一隻外形漂亮的手錶六七元就可以成交，到上海起碼可以賣到30元，利潤相當豐厚。據三弟說，在廣州他們的經歷像電影情節那樣驚險，收穫了一百多隻手錶，踏上了返回的火車。途經鎮江，他們在妹妹家住宿，修整一夜，同時把得勝回朝的好消息電告我們，這一夜，大家都在做著甜蜜蜜的發財美夢。

這一向北火車站查跑單幫的走私販查得很緊，我們有些提心吊膽，不過我們還是認為三三有經驗、門檻緊、運氣好，相信他不會出什麼差錯。第二天晚飯後，大家都聚在三樓等「財神」來到，七弟特為到北火車站去接應「財神」。

三弟神通廣大，已經聯繫好一個朋友到這裡來直接收購他的貨，轉手每人就能賺到好幾百元（那時我們每月的工資40元左右），每一個人的臉上都流露著喜悅的表情，心情是甜蜜蜜的。可是，左等右等時間已經超過了許多，還未聽到「財神」敲門，我們的心情從喜悅變成焦慮，三樓那昏暗的燈光和低矮的天花板，壓抑得我們焦躁不安，父親也感到了我們的氣氛不對頭，出來盤問，大家決定到20路電車站去等候。十一點多鐘，從20路電車下來兩個垂頭喪氣的倒楣蛋，七弟跟在後面，滿臉沮喪，不言而喻，這次「曼哈頓」行動失敗了，東西都被沒收了，破產了！大家默默無言相對，什麼話都是多餘的，誰也不能怨誰，儘管這次失敗三弟負有很大的責任，他太得意忘形了，在外表上他竟然打扮得像一個走私販，不是昭然若揭嗎，他還不聽四弟分開保管的提議，一人背著裝走私貨的背包，結果被檢查人員一鍋端。

此時他已經很痛苦了，我們不能再指責於他，在心靈傷口上撒鹽。後來三弟還是陸續償還了我們一部分錢，他盡力了，非常上路。萬幸的是公安機關沒有追查他這個人，畢竟我們這個「曼哈頓」在他們眼裡太小兒科了。

第一次走私有刺激的快感，雖然失敗了，其發財夢還是很甜美的，失敗得到教訓，破財能夠消災，也算是不小的收穫，大風大浪我們都挺過來了，這點小小的經濟損失更算不了什麼，很快我們就從不愉快的陰影中走了出來，隨著鄧麗君的甜蜜蜜歌聲跳起舞來，「甜蜜蜜，你笑得甜蜜蜜，你像花兒開在春風裡。……」

# 愚園路之花
## ——邱同志的陰影

　　邱同志是管轄愚園路江蘇路一帶的戶籍警，人長得瘦長乾癟，臉色灰暗，眼光冷漠，總是帶著懷疑的眼神看人，這是共產黨搞階級鬥爭的代表人物。我們的想像力把他典型化為「怎麼」。這是共產黨官僚幹部常用來審問人的口氣。我們調侃地說：「天不怕，地不怕，就怕邱同志問『怎麼。』」

　　邱同志的嗅覺早嗅到我們這幫人的氣味不對，階級鬥爭這根弦始終繃得很緊的他，找來了275弄看弄堂的治保委員「麻皮」，要他監視我們的行動。這個瘦小奸刁的「麻皮」，就成了經常在晚間躲在45號亭子間窗下偷聽我們談話的一條狗。那是在上世紀的六十年代。

　　「愚園路之花」是我們給一個外國名曲取的名字，這個外國名曲的真名我們已經忘了，它那帶有跳躍明快的節奏，長短交替的旋律，生動地表達了西方年輕人那種自由浪漫豪放的性格，這正是當時我們所嚮往和追求的生活方式。我們那時正值花季年華，精力旺盛，思想活躍，風度翩翩。在愚園路上頗有些名氣，用「愚園路之花」來比擬，反映了上海西區一些具有反叛思想的年輕人所崇尚的時代精神。當然，這與共產黨所宣揚的所謂共產主義思想格格不入。

　　愚園路東起靜安寺，西至中山公園，堪稱上海的「上

只角」，榮稱「上只角」的原因，主要是這裡的人文情趣，形成了一個具有西方色彩的文化氛圍。那時候活躍在愚園路一帶的有蔣家的俊德、六弟，兆豐村的阿弟、曹德仁，良友別墅的朱偉雄，608弄的董氏兄弟：六弟、七弟，馮彬，偉林還有經常客串來愚園路玩的蒯文彬、劉建東、劉子夜兄弟等，最活躍的還是聶家兄弟姐妹。我們都是看Life畫報和從共產黨手指縫裡露出來的一點西方文學藝術、電影薰陶下成長起來的。江蘇路303弄45號二樓的亭子間是我們這幫活躍分子的自由沙龍。這不足8平方的亭子間冬季的寒冷能使墨水結冰；夏季的炎熱能烤熟雞蛋。不論嚴寒酷暑一點也不會減退各路「神仙」聚會自由沙龍的熱情。一到夜晚，尤其是週末，亭子間總是擠得滿滿的，諸神神情高亢，暢懷闊論，文學、音樂、美術、哲學、政治無所不談，言語幽默、誇張、調侃、譏諷，無所顧忌，氣氛自由、熱烈、歡樂、溫馨無所不至，白天在單位裡郁在心中的煩惱、緊張、疲憊情緒此刻立即得到釋放。這就是我們亭子間的魅力所在。連三樓年幼的阿立和二樓的小老虎也經不起誘惑，常常會搬一隻小板凳，偷偷地坐在門外旁聽，感受這歡快的氣氛。

馮彬是我們亭子間的歌手，他那略帶憂鬱的神情和柔逸清麗的歌喉，與阿德精湛的吉他伴奏，唱起義大利拿波利歌曲「重歸蘇蓮托」、「瑪麗啊瑪麗」，那真是感人心醉，這種優美的情調在我們腦海裡盤旋，久久揮之不去。馮彬是愚園路上的奶油小生，早熟的他學會了西方文學那種求愛方式，晚上在女孩家窗下唱起情歌「打開你的窗戶吧……」，迷倒了不少小姑娘。他最崇拜的是萊門托夫筆下的皮卻林，

竭力模仿其風流倜儻的風度，影響了附近一帶的許多小青年，偉林等一幫小赤佬無不心悅誠服稱他為啟蒙老師。

劉建東、劉子夜兩兄弟也是常來亭子間歌手，這兩位寶貨是表弟蒯文彬介紹過來的朋友，是那種背離父輩傳統的高幹子弟，在外面稱王稱霸，誰也不敢惹他們。一到我們這個自由沙龍，就變成了隨和友好的一員。他們性格豪放，不拘小節，搶著唱歌。劉建東是男低音型歌手，聲音渾厚洪亮，唱起「我的太陽」來，把亭子間的玻璃窗震得發抖。他唱卡門詠歎調中的《哈巴涅拉舞曲》，「愛情像一個自由的鳥……」當唱到「啦波啦波」時引起共鳴，大家跟著一起唱了起來，掀起一輪高潮。歌聲一直傳到弄堂口，把躲在窗下偷聽的「麻皮」嚇得不知所措。

劉子夜有一副柔情的面孔，他的歌聲與他的老兄迥然不同，屬於抒情型的歌手，與馮彬的風格有異曲同工之美，他的一曲「美麗的西班牙女郎」，迷倒了不少花季女孩。他曾在我單位上運四場三車間裡演唱一首「克拉瑪依」之歌，把讚美、懷念克拉瑪依美景和他自己對姑娘的柔情交織在一起，唱得情意纏綿，勾魂攝魄，攪得一個年輕女工的芳心大亂，當即要和他私奔。

隔壁弄堂的朱偉雄也是這裡的常客，他的眼睛很大我們都叫他大眼，他一來亭子間頓時就鬧蠻起來，他的牛皮總是美國父親的事情，我們都愛聽美國的生活方式，他迎合我們的胃口，牛皮吹得丫花花，每每總是占頂峰，於是又得到一個「頂峰」的綽號。他的母親很和善好客，我們經常到他家去玩，有一次耶誕節，我們在他家裡開了一個聯歡會，一起唱

「鈴兒響噹噹」。晚上他母親還做了一些酒釀圓子給大家吃。

有時候，從二樓後廳會傳來崇慧彈奏的悠揚鋼琴聲：孟德爾松的「春之歌」、貝多芬的「給愛麗絲」、巴赫的「聖母頌」，琴聲如汩汩清泉，清新明麗，我們安靜下來，聖潔的音樂安撫著我們那驚恐的靈魂。

有一次，在文化大革命最嚴峻的時刻，蒯文彬帶來一隻留聲機和一張義大利童聲唱片，在亭子間偷偷地舉行一次地下音樂會。我們用毛毯把窗戶封嚴實，大家安靜地圍坐一圈，沒有凳子的人就靠牆站著。留聲機發條上足了，唱片慢慢地旋轉起來，悠揚的歌聲響了起來，雖然唱片陳舊，聲音調整得又低，音質不好，但我們的心都能清晰地感受到音樂的真諦。那是一組拿波里歌曲，童聲聖潔清新，有如天籟之音，上蒼之手，安撫著我們恐懼的心靈。在這神聖的時刻，我們都流下了感動的淚水。此時的亭子間變成了莊嚴的教堂，我們都變成了虔誠的教徒。

在那個階級鬥爭加貧窮飢餓的年代，我們聚在亭子間經常談論的內容總離不開精神會餐。精神會餐的常客要算是隔壁王家的老大王之珊。王之珊瘦長身材，為人直爽，講究吃穿。他出門總是衣著筆挺，髮型時髦，小方頭皮鞋擦得雪亮。他的口頭語是「老煞」，就是很厲害的意思。所以就成了他的外號，我們都叫他「老煞」。他總是不打招呼地從隔壁曬臺的一個破口中鑽過來，突然出現在亭子間。

「老煞」一到，亭子間就成了精神會餐吧，他唱主角，開始吊大家的胃口了：在外白渡橋邊上有一家門面不大的餐館，名叫燕記西餐館，這家餐館有一道名菜，就是羅宋湯。

這裡的羅宋湯有著正宗的俄羅斯口味，據說其原料都是從俄羅斯購來的，熬出來的湯，那真是粘性大發，香濃可口。「老煞」用他那細長的手指比劃了一下說：「上面一層紅油。」他把「一層」兩個字音拉得特別長，並且，他恰到好處地用上了粘性大發這個聶家兄弟對好吃食品的形容詞，那真是胃口吊足。那時候評價菜好壞的標準只有一個，那就是油水多。

第二道菜是南京西路上的綠楊村的兩面黃炒麵，麵條在油中煎炒，見黃起鍋，上面澆上一層菜心香菇炒蝦仁，唰地一聲，劈啪直響，油水四溢，吃起來鬆脆爽口。

吃得最過癮的要算江蘇路上的老隆興的炒圈子。清洗乾淨的豬大腸起油鍋，用糖醋醬爆溜，濃油赤醬，圈子只只圓滾滾，肥肥的脂肪從圈子裡翻出來，一咬一口油。「老煞」講到這裡，嘴巴總要發出嘖嘖的聲音。害得大家口水都流出來了。

陪女朋友吃飯，那就要選檔次高、氣氛雅的地方。非淮海路上的天鵝閣西餐館莫屬。裡面燈光幽暗，車廂座位內還點上一支蠟燭。點上一盆烙麵，兩盆奶油濃湯，幾只法式小麵包，還有一小碟白塔果醬，可以匋到店家打烊。可惜這位風流食客好運不長，63年夏，在一次下班後，他到黃浦江去洗澡時溺水身亡。

不覺已是午夜，畢竟精神會餐填不飽肚皮，我們的胃早已唱空城計了，最實惠的就是到江蘇路愚園路口的新新食堂吃點心。

新新食堂坐在門口開票的是一個名叫阿碧的年輕婦女，

她長得白白胖胖，頗有點姿色。「矮子」王永平暗戀著她，時常在晚上睡覺時，抱著虛擬的她做春夢。因此，「矮子」一見到她就色眯眯地說：「阿碧，我有罪。」搞得她莫名其妙。我們各人買了一碗豆腐腦，兩隻蟹殼黃，鬧哄哄地吃著，冷清的食堂頓時熱鬧起來。

我們忍受不了那種老是畫餅充饑的日子，於是把貓當作充饑的佳餚。有一天劉建東抓來一隻肥胖的波斯貓，要我們殺了吃。他得意地告訴我們，這隻波斯貓是當時市委書記陳丕顯家的寵物。劉建東家住在余慶路44號大院，裡面住的都是市委一級的幹部。這些官僚只顧迎合上面的意圖，搞階級鬥爭，不關心老百姓的飢餓，卻把寵物養得這麼肥，殺了它吃也不失公道。這只可憐的波斯貓就成了我們的盤中餐。飢餓是那個年代最難熬的問題，晚上睡覺做夢就是吃，早上一睜眼第一個進入腦袋的也是吃。在食堂買饅頭，為了粘去指甲大小一層皮，可以不顧臉面，大吵大鬧；得到那一層饅頭皮的人，這一天會情緒高漲，幹活起勁。不管你是什麼人，在飢餓的折磨下，都會失去自我，文明掃地，風雅失色。我記得在第一看守所和文學家王若望關在一起的時候，我們問他，放出去第一樁事做什麼，他說到熟食店買一根紅腸在馬路上啃起來。

飢餓的年代也有精彩的時刻，堂妹慧它有時會帶她的同窗好友楊唐林、沈靜柳光臨亭子間，她們倆都是市三女中的佳麗。聽說她們要來，這一下子就亂了我們這一幫單身漢的方寸。尤其是劉建東，慌忙整理頭髮，還用一條濕毛巾纏著頭上，以保持頭髮濕潤，然後靜靜地平躺在我的床上。這一

招是向我們學的，其目的是「改變面色」。在那個飢餓的年代，大多數人都營養不良，臉色蒼白，嚴重的還像鹹鴨蛋殼那樣發青，這大大地有損我們年輕人的形象。在必要時我們會採取改變面色的措施：要是遇到迎面走來的女朋友，可以彎下腰假裝在繫鞋帶，這樣，血液就會沖向頭部，站起來時臉色就有些紅潤，以壯形色，給對方留下好的形象。還有一種方法就是劉建東剛剛採取的那樣，躺一會，臉色也會好一些。我們這些人的心理狀態，實際上是很脆弱的，尤其遇到到「肥鵝」（漂亮的女孩），更是信心不足。分析其原因，就是底氣不足，這個底氣是要已經濟為基礎的。那時我們的每月工資只有50元左右，只夠吃飯和增添簡單的衣服，哪裡還有條件花女朋友。「改變面色」是窘境中的急辦法，僅僅壯壯形色而已。

　　兩位佳麗一進門，那真是光彩照人。楊唐林嬌巧的身材長著一個清秀動人的臉蛋，柏林情話式的髮型，襯托她更加賞心悅目。最勾魂的是她那時髦的牛仔褲（香港帶來的），均稱「吃肉」，緊裹著剛發育豐滿的臀部，勾勒出少女初長成的曲線，那簡直是一件藝術品。沈靜柳氣質高雅，天生麗質，白淨細巧的臉上戴著一副金絲邊眼鏡，嬌嫩可人。苗條的身材和文雅的舉止，體現出大家閨秀的風範。

　　劉建東慌忙坐起來，連頭上包的毛巾都忘記拉下來，活像一個日本武士道。可能慧它已經向她們介紹過我們這幫人的德行，她們見到劉建東那個滑稽模樣，並不吃驚，只是互相會心地一笑，還做了一個迷人的鬼臉。她們一點沒有漂亮女孩那種「標」勁，很是友好地和我們打招呼，我們也就

擺起老阿哥的姿態和她們吹起牛來。這是表現自己的大好機會，我們精神煥發，思維敏捷，以跳躍式的話題隨意發揮，如天馬行空，天南地北、古今中外自由馳騁。從傑克倫敦的冒險跳到歐亨利的幽默；從米開朗其羅的文藝復興藝術跳到梵古的後期印象派油畫；從孟德爾松的仲夏夜之夢跳到德伏夏克的開拓精神的「新大陸」；從紐約曼哈頓的金融巨頭到巴黎街頭的藝術家；從斯大林格勒大血戰到敦格爾克的大撤退；從希姆萊的蓋世太保到古德里安的坦克部隊……。這種「攻勢」讓兩個小姑娘聽得入了迷，她們的表情時而驚訝，時而喜悅，時而神往。那可愛的小嘴始終半張著，微露潔白如珠的牙齒，似笑、似歎、似懂，是那種心有靈犀的理解，更是溢於外表的佩服。這幾個小時的「說教」，夠她們回味一輩子的。

她們走了，亭子間一下子冷清下來，我們突然感到從未有過的空虛，那一瞬間的感覺彷彿是世界末日來到。「肥鵝」飛走的失落感少不了用「五打一」來補償。

「五打一」是我們這幫男子漢的經典俚語，那還是由劉建東的一個朋友引進來的。到我們這裡來玩的，五湖四海、三教九流的朋友都有。劉建東帶來的這位老兄檔次不高，模子不小。我們調侃他說，你這麼魁梧的模子，沒有人敢欺侮你。他搖搖頭沮喪地說：「我只是一副空架子，外強中乾啊。」問其原因，他很坦率地說：「都怪我『五打一』太無度了，精液耗乾了。」這位朋友為我們引進了「五打一」新名詞，就成了「五打一」形象的老祖宗。「五打一」形象生動而不俗，表達起來朗朗上口。這種事情人人都免不了，根

本不用遮遮掩掩，不好意思，就好像說「吃飯」「拉屎」那樣平常。現在我們已經把「五打一」昇華到一種語言藝術的高度，絲毫沒有一點低俗淫穢的含意。

在我們亭子間的自由沙龍中，倍倍是一個最不安分的人，也許是藝術細胞在他血管裡作怪，於是他成為一個搞惡作劇大王。他來了，在下面叫門（通常總是把鑰匙扔下去，讓他自己開門），有時候亭子間滿員了，我們不扔鑰匙給他開門，他就爬水落管上來，破窗而入。那時候，我們這個亭子間已經受到「麻皮」的監視，形勢非常緊張，倍倍這一反常的行動，影響極壞。

有時候他乘我們不在，進入亭子間，把裡面的傢俱統統來一個反向，並且在我的床上躺上一個假人。我回來一進門，看到這陌生的情景，還以為自己走錯了房間，確實讓我嚇了一大跳。這些小插曲雖然不雅，也使亭子間增添了不少生活樂趣。

文化大革命浩劫，我們這些熱愛自由，熱愛藝術的行為，都被看成是反動的資產階級思想，個個都受到衝擊，吃了不少苦頭。劉建東成了「驅虎豹」紅衛兵組織頭頭，打砸搶什麼壞事都幹。我有一個朋友家受到「驅虎豹」的騷擾，在抄家時發現我的照片，劉建東立即停止抄家，向這家人家道歉，還回所有的抄家物品，劉建東說朋友之家不可欺，夠江湖義氣的。

文化大革命沒有摧毀我們的思想，「愚園路之花」照樣鮮豔不敗。80年代，我們的自由沙龍亭子間被人家佔據，但整個愚園路成了我們活動的天地。當年還是旁聽生的孩子阿

立和小老虎，現在已長成帥小夥子，他們比我們那一代更有魄力，都是「捉人」能手，「啄木鳥」專家。楊唐林、沈靜柳時過人非，已經不是「肥鵝」了，新湧現出來的「肥鵝」更迷人，那就是任家兩姐妹，我們叫她們為「大袋鼠」「小袋鼠」。以偉林為代表的「牛皮」升級換代，更有魅力。我們仍是一群代表時代人文精神的先鋒。90年代，江蘇路拓寬，建造了許多高樓大廈，我們的303弄45號和那不朽的亭子間不復存在，但愚園路沒有改變，這是因為這條街是培育我們的精神的搖籃，代表一個人文時代的象徵，它應該是不朽的。我只要路過這裡，懷舊情愫油然升起，總要放慢腳步，細數當年的情景，反芻童年的滋味。世紀翻過一頁，歲月在我們額上刻上意味老年的皺紋，但我們仍是一群永不言老的「孩子」，愚園路之花永不凋謝。

寫於2008年10月14日

# 約會在天堂

　　我年輕時有一個女朋友，是我的同班同桌同學，這三「同」讓我們結交了親密的友情。她是一個樂觀、開朗、活潑可愛的姑娘，我還給她取了一個綽號——小黑狗。

　　她愛唱一首上世紀30年代的流行歌曲，這歌曲旋律動人，情意纏綿，其中有一句「那天在小巷口，我說你活潑得像小黑狗，你怒氣不休，難和你同走，我是多麼地後悔難受。」她說這是一種從靈魂深處發出來的情意，至死不變，她批評那個女人的情感由於陷得太深變得太脆弱了，以至於叫一聲小黑狗就生氣了，何苦呢。她朝我一笑說：「如果你叫我小黑狗，我高興還來不及呢。」這樣她就得到「小黑狗」這個親昵的名字。

　　「小黑狗」討厭城市的喧囂，熱愛大自然，秋高氣爽時節，我們常騎自行車到郊外遊玩，看到那醉人的秋色，她會興奮得情不自禁地放聲歌唱她最喜愛的「小黑狗」流行歌曲。風吹拂著她那飄逸的秀髮，陽光映照著紅潤的臉蛋，少女的青春氣息從那一覽無餘的身段曲線中散發出來。

　　我讚美地誇道：「你簡直是一個活著的維納斯。」

　　她的眼睛露出奇異的光彩，興奮地說：「我真有這麼美嗎？那就把我畫下來吧。」

　　「那是一定要畫的，而且要畫裸體的啊，你肯嗎？」

　　她朝我嫣然一笑，沒有回答我的話。

一天，「小黑狗」來到我的畫室（一個不到10平方的亭子間），要我承諾畫她裸體的諾言。她不慌不忙地脫去襯衫，解開胸罩，最後把三角褲慢慢地從圓潤的臀部順著秀美的玉腿滑下來。

我驚訝地看著她那完美的胴體，天啊！這簡直是一件美輪美奐的藝術品，維納斯在她面前也會黯然失色。她渾身洋溢著俏麗性感的靈輝，散發著勾魂攝魄的魅力，讓人心慌意亂，靈魂出竅。

畫人體需要高超的藝術修養和素描基礎，我還是第一次單獨地面對這樣震撼心靈的模特，激情澎湃的我，無法控制顫抖的靈魂，情不自禁暗暗呻吟著：「上帝啊，給我力量吧。」

對著畫布，我的思緒難以平靜，畫筆在我手中不斷地顫抖，畫布上全是雜亂無章的線條。驀然思緒進入了近日看過的電視劇「羅丹」劇情裡，這位法國雕塑藝術大師在塑造他的女友卡米爾時，她那無與倫比的美色使羅丹激動、興奮，調動了他的全部藝術細胞。他夢遊似的撫摸卡米爾的全身，體驗她那嬌嫩的身體上每個部位的肌肉和骨骼的結構，尤其是感觸那少女最敏感的部位，把模特靈魂深處最美的性感激發出來。最後他們在作愛中達到藝術與性愛融合在一起的最高潮境界。羅丹在性愛與激情的靈感下，塑造一個生命與自然渾然一體的不朽藝術品。

我的藝術功力不能和羅丹相提並論，但激動興奮的心情是一樣的，理性在此時已軟弱無力，全都讓給了聽其自然。

我沉醉在不知如何是好的撫摸之中，手嘴並用都無法

釋放那熾熱的衝動。她的乳房是那種豆蔻少女含苞欲放的秀美，每一次觸吻，都有一股電流遍及全身，使我心神恍惚，陷於無法自拔的性迷戀之中。

她的神情也進入了亢奮狀態，發出微弱的呻吟：「取走我的靈魂吧。」

……

我懷著感恩崇敬的心情，執畫筆馳騁，線條流暢，筆筆到位。乳房部位是她全身的華采樂章，一定要刻意精描細繪，以冷暖色調將乳頭渲染得嬌俏柔美，以明暗虛實的筆觸，將少女那豐腴內斂的胸部惟妙惟肖地表現出來，使整個人體煥發出美玉般的青春光彩。

畫筆在乳房的下部潤色時，發現有一個小小的陰影與整體色彩不協調，我過去用手觸摸一下那個陰影，感到它的內部有一個腫塊。

「好像是一個腫塊，多少時間了？」

「有一響了，不痛不癢，讓伊去。」

她是一個樂天派，對這個不詳的腫塊並不在意。她一邊穿衣服一邊欣賞著我的畫，讚美說：「這幅畫是你我靈魂的結晶，我太喜歡了。」臨別時，她俏皮地說：「下次到公園的草地上，我做模特，畫一幅像馬奈那樣的『草地上的午餐』畫。」

她那乳房下的那個陰影，在我心中揮之不去，在我的堅持下，她到腫瘤醫院作了一次檢查，醫生診斷下來她得了乳腺癌，而且是中晚期，醫生要她立即住院治療。她把這事瞞住了父母，還是一副若無其事的神態說：「我受不了媽媽哭

哭啼啼的樣子，只能和你商量。誰叫你把我拖到醫院來檢查的，這叫有難同當。」在這個時候，她還有心思說俏皮話，真讓我哭笑不得。

「我不準備住院開刀，聽說要割去整只乳房，還要搞什麼化療，把頭髮全部化光光，搞得人不像人，鬼不像鬼，你會有興趣畫我這樣的一個醜八怪嗎？」她是一個完美主義者，不完美毋寧死，決不在乎生命的長短。面對著一個生氣蓬勃、如花似玉的年輕姑娘就要不久人世，我難受得真想哭，然而，看著她那坦然的模樣，我只能把痛苦埋在內心，任其煎熬。

她是一個善解人意的人，完全知道我內心的感受，反過來安慰我：「別為我難過，就當我接到一張去天堂的通知書，這是上帝給我的一份殊榮呢。乘我還沒有動身之前，我們抓緊完成那幅我做模特的『草地上的午餐』畫。」

終究我們沒有機會完成她的心願，一年後，「小黑狗」病危，癌細胞已經轉移到淋巴，沒有辦法醫治了，躺在醫院病床上的她，雖然面目全非，但神態依然平靜，眼睛裡還透露著開朗的神采。在最後時刻，她拉著我的手，在我耳邊輕聲地說：「我在天堂等你，共同完成那幅『草地上的午餐』畫。」

如今我已是快去天堂的年齡，想到「小黑狗」的約言，心中翻騰著無以言表的情浪。自從失去了「小黑狗」，我也失去了畫畫的興趣，現在我突然想起畫畫了，為了到了天堂的那一天，重操畫筆，完成「小黑狗」的遺願。

聶崇永寫於2009年4月4日清明節

# 牛皮詠歎調

生活也和烹飪菜肴一樣，加一些調味品，才會過得有滋有味。我們生活中的調味品便是「吹牛皮」。

我們的「吹牛皮」和北方人的侃大山、嘮嗑類似。不過我們的「牛皮」更幽默，更富有想像力，更有魅力，有如加了罌粟殼的「調味劑」。可以說是我們生活中的興奮劑，常吹不餒，經久不衰，百聽不厭。

偉林是我們這個圈子裡的「牛皮」大師，他的名氣不說是譽滿全球，也可以說揚名中外。我們這些人，都是經過太上老君煉丹爐裡磨練出來的懂勁朋友，要得到我們認可的大師級水準可不容易，條件也真苛刻，太俗不行，太高雅也不行；口才平平不行，口才太出眾也不行；知識貧乏不行，知識太淵博也不行；太平庸不行，能力超群也不行；品行卑鄙的不行，品行太高尚的也不行，太「玉」（難看）的不行，太「省威」（神氣）的也不行等等。要符合我們要求的必須是那種大智若愚又大愚若智的人，偉林正符合這個條件。

偉林有一副憨態可掬的形象，圓實的臉盤，豐厚的嘴唇，有點往外翻翹，在我們的想像中，把他和非洲人、古巴牛蛙的形象聯繫在一起，於是給他起來一個「薩薩柯」（剛果金的一位總統名字）的戲名。他吹起牛皮來精神亢奮，聲音洪亮，唾沫飛濺，不知疲勞。他的幽默別出心裁，聯想另有一功，語言刻薄放肆，表情喜怒無常。更難得的是能融洽

我們磊家兄弟獨創的語言，發揮自如。他的頭腦裝滿了各種素材，古今中外，軍事、政治、體育、文藝、人物，還有生活中的所見所聞。大到世界大戰，小至雞毛蒜皮，他都能即興發揮，以跳躍式地迸發出來，有時顛倒歷史，有時張冠李戴，有時指桑罵槐，有時借古諷今，有時揶揄調侃，荒誕滑稽，笑話連篇，可以說是「牛皮」上品，他不愧為是製造溫馨熱烈氣氛的「牛皮」大師。

偉林就如一個伯樂，一旦發現了「老克拉」人才，忍不住要去和其人交流一下，以充實自己的資料庫。有一天在我母親家隔壁房間，發現陳先生外表氣度不凡，在他的眼裡有點像當時英國首相希斯。他想此人肚皮裡面一定貨色不少，不是滿腹經綸，也是知書達禮。於是他親自登門拜訪，照他的話說，先去搭搭脈。不到十分鐘，他回到我們的房間，滿臉懊惱，憤憤地說：「臭希斯！」原來偉林和「希斯」一搭脈，對方一口寧波腔，回答的問題牛頭不對馬嘴。這個「伯樂」以為發現了千里馬，卻是一頭蠢牛，他那對牛彈琴的事蹟就成了我們的笑話。「臭希斯」便成了我們嘲笑那些徒有其表的人的俚語。

隔壁的徐先生倒是一位有學問的人，偉林也很佩服他。這位徐先生有一個習慣，休息時歡喜到靠馬路的陽臺上觀看過路的佳麗，他眼神是那樣的專注，覬覦要透過衣服看到內部，被偉林形容成：「他的眼睛能把小姑娘看得懷孕。」這絕對稱得上是千古佳句，也成為了我們的經典「牛皮」。

「五打一」這詞原本不是偉林的專利，但經他之口一渲染，就發揚光大了。他說起「五打一」來繪聲繪色，而且

把「矮子」（朋友牙醫生）的手型說成是標準「五打一」的手，把「青殼蛋」（牙醫生的弟弟）臉色定為「五打一」的標準模樣。尤其在有大家閨秀、婦道人家的場合下，他也毫無顧忌地談論「五打一」，這本是不登大雅之堂的搞笑，只能肚知，不能言明。然而有些不懂其意的姑娘小姐們出於好奇，追問「五打一」是什麼意思，我們不知如何回答，只好忍俊不禁。

他譏諷中國人的劣根性的搞笑發人深思。日本的大和號軍艦侵佔了上海，停泊在黃浦江上，大力推行大東亞共榮政策。不過幾日，許多小商小販紛紛爬上大和號軍艦，來用足大東亞共榮的優惠政策，在甲板上設攤叫賣，還有一些髮廊小姐登上軍艦做起按摩生意。他們隨地吐痰，隨地大小便，亂拋垃圾，亂晾衣服，甚至把女人的三角褲晾在旗杆上，在炮管上塗寫老軍醫之類的黑廣告，更有甚者，有些人和日本水兵搞賭博活動，一次「篤篤底」（撲克牌中的「所哈」）就把日本水兵的錢騙光，弄得他們無心值勤，夜排檔更是鬧得水兵們無法休息，把軍艦搞得烏煙瘴氣，髒亂不堪。又過了幾日，日本水兵發現許多銅質招牌被人撬走了。日本軍官調動大量的士兵來整頓秩序，趕走一批，又來一批，而且越來越多，花頭勁也越來越透，把這艘超級巨艦變成了水上大賣場。無奈日本人的武士道精神敵不過中國人的「空手道」功夫，你不是想武運長久嗎，我這裡只要幾個「大興」戶頭和你「搗漿糊」，保叫你的「武運」黴到剎根，你來「三光政策」圍剿，我用「一不怕苦，二不怕死」、「三個代表」、「五講四美」、「七不規範」、「八榮八恥」來抵

擋，光憑這些數字就能嚇得你暈頭轉向，屁滾尿流，艦長南雲中將親臨現場指揮，被幾個「打樁模子」胡攪蠻纏，軟磨硬泡，搞得他老是「吃藥」，自知不是對手，只得甘拜下風。最後日本人拿這批「蝗蟲」實在沒有辦法，考慮到大東亞共榮政策是不能隨便改變的，只好宣佈投降，艦長率領全體官兵棄船艙皇逃走。艦長的這個決定相當英明，如果再晚幾天離開，他手下的水兵就全部被「蝗蟲」吃掉了。這就是偉林的超級牛皮，能讓人笑出眼淚來。

　　調侃（我們叫攻擊）別人也是吹牛皮的一個趣味橫生的內容。經常被「攻擊」的是三三（崇平），偉林就以三三的矮小身材做文章。有一次三三談愛戀找到一個身材肥胖高大的女朋友，三三要吻她，必須拿一個梯子爬上去才能夠到她的嘴，如果一不留神跌入她的胸懷，那就要裡三層外三層地掀開乳房才能爬到外面。

　　三三有一次在馬路上發現一個「良家少女」，不但漂亮，而且氣質也高雅，有公主的風度，三三一見鍾情，私下為她取了一個皇家血統的名字——依莎貝拉。於是三三經常尾隨著她。一天依莎貝拉感覺到了這個小老頭子的行為，轉過身來質問為什麼天天尾隨著她，三三結結巴巴地說：「你需要保護！」依莎貝拉當然沒有領這個莫名其妙的保鏢之情，三三依然如故，忠於職守。幾年後，使這位保護依莎貝拉公主的「達達尼昂」沒有料到，依莎貝拉竟然懷孕了，三三捶胸頓足地哭道：「我失職了，沒有保護好你！」三三被調侃得哭笑不得，只有偉林才能把牛皮發揮到如此精彩。

　　有一次我在接棒球時姿態不得當，這可給偉林留下了

「攻擊」的材料，他像卓別林演《大獨裁者》中的希特勒那樣，誇大我那彆扭的接球動作，醜化得我無地自容，我們都是一笑了之，誰也不會生氣。

費南的女婿張明（因為他有點像趙忠祥，我們叫他趙忠祥）因為招待客人太熱情，便成了偉林調侃的對象。我們到張明家去玩，偉林像煞有介事地關照大家注意，千萬不要亂說話。他說，有一回四四（崇良）在張明面前隨便說了一句歡喜聽貝多芬音樂的話，張明立即離開了，幾個小時後，張明出現了，把一蛇皮袋的東西放在四四面前，四四打開蛇皮袋一看，裡面全是貝多芬的音樂光碟。所以他說，如果誰不留意說喜歡什麼東西，張明一定會立即到市場上去採購回來，滿足你的願望，即使你說喜歡一架F-16的飛機，他也會千方百計地到美國空軍總部去協商購買F-16飛機的事項，買不到也會想辦法劫持一架回來。偉林像煞有介事地客氣，把張明的一個普通的熱情待客，搞成了國際牛皮，真是有點居心不良。

「大袋鼠」「小袋鼠」這兩個稱不上高雅的名字，誰也不會將其和美麗的姑娘聯繫在一起。這故事還要從愚園路上的老任講起。他家有兩位如花似玉的千金，大的叫任紅，小的叫任珞。老任常請我們到他家去跳舞（80年代開家庭舞會很普遍），所以我們和她們很熟。在跳舞時老任的舞姿很笨拙，一跳一跳的動作有點像袋鼠，偉林的聯想矛頭沒有對準老任，他覺得把老任叫「袋鼠」，一點沒有浪漫的趣味，這簡直是浪費他的「才氣」。他早就垂涎兩位千金，於是把袋鼠的綽號按在她們頭上，任紅叫「大袋鼠」，任珞叫「小袋

鼠」。以後我們都這樣叫她們了。「大袋鼠」聽了一點也不反感，反而抿嘴嫣然一笑，這一笑可以把偉林迷得昏倒，偉林說：我只好回家「五打一」了。

和「大袋鼠」跳舞那簡直是一種美好的享受，她那少女的清香，和那粉嫩面頰，引誘得我們忍不住要在她的臉上親一下，這時偉林把這種親昵的動作叫啄木鳥，偉林、小老虎、阿立親得最多，被稱為啄木鳥專家。

我們這一群快樂的「啄木鳥」也感染了老任的妻子陸老師，她說我也要快樂一下，和你們痛快地跳舞。這又成了偉林的「攻擊」對象，他篡改了陸老師的話，說成「我也要墮落了！」快樂與墮落的差別，在於度，「牛皮」的魅力就在於它的彈性，將「度」吹到極限，快樂就變成墮落，平淡就成了幽默。

被偉林「攻擊」是一種榮幸，沒有受到「攻擊」的朋友渾身難過，陳宏就是這樣的朋友。他身處美國、北京，心裡卻經常回憶起和我們在一起快樂的時光，經常打電話詢問偉林，最近有沒有「攻擊」他，如果說我們經常「攻擊」你這個「老黑魚」，他會高興地說：「哈哈，這才夠意思。」如果說最近大家一直沒有「攻擊」過他，他沮喪地歎氣說：「操那！沒有勁。」

偉林的家雖然小，卻佈置得很溫馨，在他家聽聽音樂，吹吹牛皮，喝上一杯咖啡，很有溫暖感。這種氣氛小老虎最有體會，結婚前，人家忙於給他介紹女朋友，遇到不滿意的，小老虎如坐針氈，急著要把女朋友送走，每次他都是連哄帶騙，把女朋友推上電車，便急急忙忙地趕到偉林家，一

進門就興奮地喊道：「找溫暖！找溫暖！」偉林的吸引力確實很大，許多場所沒有他在，氣氛就不熱鬧，笑聲也沒有了。有一向他的牛皮工作很忙，常常是應付不過來。阿立和阿錦有什麼朋友聚會總離不開他去起蓬頭，若是稍有怠慢，他們就打電話催他快些來，偉林說自己好像是海洛因，他們聽我的牛皮成癮了。於是，我們一聽到他們催偉林去玩的電話，就說「他們的毒癮來了！」

偉林這個人除了牛皮功夫外，什麼事都做不好，遇到正經事，他就面如菜色，慌亂得結結巴巴，一句話都說不連貫。他的心理素質相當差，承受不了一點挫折，有一段時間他特別喜歡搓麻將，搓麻將時稍有不順，他就吹口哨來掩蓋自己的心虛情緒，輸了幾個錢就口吐髒言，「貝斯」不斷。有一次搓麻將，我父親邀請了285弄的沈家伯伯參加，父親知道偉林口腔不清爽的德行，怕他在牌桌上失態，有失父親的面子，於是預先和他打好招呼，關照他在牌桌上文雅些，不要口吐髒言，偉林態度相當誠懇地保證做到。可是幾圈牌打下來，偉林連連「壞分」，於是把對我父親的承諾忘得一乾二淨，口中的「貝斯」隨著「壞分」多少成正比而出，最厲害的打到六「貝斯」：「操那娘嘎瘟B」。搞得沈家伯伯目瞪口呆。

只有吹牛皮，他才能找到了自我，不過，他的即興牛皮也只有在我們聶家兄弟這個圈子裡才得到充分發揮，也只有我們才能理解他的幽默，和他的想像力共鳴，我們充當配角，在旁邊煽風點火，加油添醬，尤其小老虎是最佳搭檔，可以把牛皮發揮到極致。應該說是我們造就了偉林的牛皮。

不過，我們還是很欣賞他的，畢竟他給我們帶來了不少快樂。讓我把偉林說的一句最有意義的牛皮作為結束語：生活剛剛開始！

（文革期間，三弟、偉林、小無錫等在七弟家吹牛皮，深夜12點多，小弟崇文匆匆忙忙趕來了，他說來晚了，很抱歉，偉林說：不晚，生活剛剛開始。於是，小弟繼續大吹美國FBI的一些內部軼事，不覺已經天亮。）

2008年11月22日 星期六

# 讀書軼事

　　書是有感情的東西，只要你愛上了它，它就會和你結上一輩子情緣，難分難捨。我從童年到如今的花甲之年，它一直是我終生不渝的情侶。古今中外、文學藝術、歷史傳記、天文地理等等書籍，都和我有著難分難捨的情緣，給我以無窮的快樂。

　　記得童年時代，愛在馬路書攤上看小人書，坐在攤頭上看，二分錢一本，借回家看，四分錢一本，內容都是七俠五義之類的書，書中那些飛簷走壁的俠客，讓我著迷，我曾想入非非想到峨眉山去拜師學武，當俠客，浪跡天涯，劫富濟貧。初中時期，馬路書攤沒有了，自己看書的品味也高了，小人書當然不屑一顧了，要看書就到學校圖書館去

借，那時看的大多數是中外文藝小說，我更愛看的是凡爾納的科學幻想小說，我國譯本，我都看過，對我在晚年寫科普作品有著極大的啟發。最有意思的是，看過《鋼鐵怎樣煉成的》小說，書中的兩個人物對我的印象之深，幾乎是終身難忘，一個是保爾柯察金，他那堅強不屈的奮鬥精神，激勵著我整個人生；還有一個是冬妮亞杜曼諾娃，她在我的心中的形象如此純真嬌美，竟然對她產生了強烈的愛情，這也許就是我的初戀情人，現在想起真有些幼稚可笑。隨著年齡的增長，求知欲望更強烈了，我省吃儉用，每月發工資總要購一二本書，充實我陋室中的書櫃，在我的書櫃裡，放有世界名著，哲學、歷史、藝術、傳記等書籍。隨時可以翻閱，在那物質相當匱乏的年代，精神生活還是很充實的。我有六個弟弟和一個妹妹，都酷愛讀書，書本影響他們的人生。如三弟崇平他喜愛傑克倫敦的書，崇拜傑克倫敦的冒險精神，本著這種精神，他無畏地獨闖比利時。他看了短篇小說作家歐亨利的書，書中一些紐約街區的人文風情迷住了他，便產生了要到美國去的強烈願望，在六十年代，要到美國去比登天還難。三弟的決心始終不逾，直到九十年代初，他的願望實現了，他遊覽了歐亨利描繪的紐約各街區風光，體驗小說中的情趣。又如四弟崇良，一部《渴望生活》的書決定了他的人生道路，書中的主人公凡高對藝術的執著精神深深地震撼了他的心靈，他著魔似的效仿凡高精神，全心身投入藝術事業，現在成為一個中外聞名的畫家。他對文學藝術有獨到的觀點，藝術作品中閃爍著他的靈氣。人們都喜歡他的水彩畫，喜歡他那透著靈氣的色彩，閃爍著凡高的神韻。二弟崇

志，讀書努力，思路敏捷，學習成績斐然，在學校的成績總是名列前茅，考上清華大學，本來應該是一個傑出的科學人才，可是共產黨不識人才，為了湊數，硬是把他劃為右派，將其才能扼殺。妹妹崇怡喜愛藏書，她家的書架上放滿了書本，都是新的，文學藝術歷史傳記，琳琅滿目，類別繁多，洋溢著書香氣息。七弟崇湘讀書比較實用，攻讀英語，從零學起，鍥而不捨，成績斐然，可以和外國人流利對話，閱讀英語書籍；鑽研電腦技術書，從零學起，現在可以熟練編制電腦程式，製作網頁。八弟崇立學以至用，貫徹在日常生活中，表現於氣質風度上，禮儀風雅，為人和善，頭腦清晰，文化與實際結合，必有富裕的收穫，他是我們兄弟中經濟最富裕的人。

文學藝術音樂總是相通的，在看書之時，從收音機裡收聽一曲優美的古典名曲，真是心曠神怡，不亦樂乎。在上海西區，有這種情趣的人還不少，形成了一個其樂融融的文化氛圍。當時許多人所以稱上海西區為「上只角」，其主要原因在於它的文化層次高。

好景不常，中國刮起文化大革命風暴，其衝擊波首當其衝是我們這些小布爾喬亞。紅衛兵掃「四舊」，把我的書堆在馬路上，付之一炬。那時，在馬路上到處可見焚書的火焰，令人心碎。書雖燒了，但渴望讀書的精神是燒不掉的，我們這些愛看書的人，像幹地下工作一樣，千方百計搞來漏網之書偷偷地看，並在最「有數」的朋友中傳閱。那時最吃香的禁書有《基督恩仇記》《第二次握手》等，後者還是手抄本。人有逆反心理，越是禁書越想看，借到一本就如獲至

寶。看這類書的人要冒極大風險的，如果被揭發出來，輕則挨批鬥，重則被打成反革命，關進監獄。那時，在新華書店的櫃檯上，只有清一色的毛主席著作還有林彪搞的小紅本——毛主席語錄，不管是革命還是反革命，人手一本。毛主席著作經林彪四人幫一夥一捧，一下子變成了「包治百病」的神書，那時人們解決問題的方法很簡單，不論多大的困難，只要一學毛主席著作，背幾句毛主席語錄，問題就迎刃而解，這就是林彪所吹噓的「立竿見影」的神效，信不信由你。學不學毛主席著作，是衡量一個人的階級立場的大是大非問題，誰敢怠慢！於是就有了五花八門的學用：上班前學，叫早請示；下班後學，叫晚彙報；吃飯前學，叫不忘貧下中農；乘公共汽車售票時學，叫為人民服務。造反派頭頭學，把「毛著」當棍子，專門打擊別人；「牛鬼蛇神」學，把「毛著」當刀子，來深挖靈魂深處的資產階級毒瘤；普通老百姓學以「毛著」裝樣子，不給別人抓辮子。我在「神學院」借書澆愁，那時只有毛選，學習毛主席著作還是很用功的，不但通讀，還會熟背許多篇章。背老三篇《為人民服務》、《紀念白求恩》、《愚公移山》，不算稀奇，這是人人都會背的，背《矛盾論》、《實踐論》就不容易了，能背出的人真是鳳毛麟角了。我總有一股不甘落後的憨勁，花了一個月時間的死啃硬記，背出了這二篇文章。更出風頭的是在一次學習毛主席著作的講用會上，我以二十五分鐘的時間，一字不錯地背完了四五萬多字的《論人民民主專政》，成了單位（提籃橋監獄）裡要求改造的尖子人物。這種學習形式，表面上看起來好像忠於毛主席，其實是褻瀆了他老人

家的著作，也反映了一個民族文化素質的低下，普及讀書，提高人民的文化水準是何等重要。

「四人幫」打倒後，社會風氣為之一新，那些被列為封資修的「禁書、壞書」在新華書店有售了，門口還播放著貝多芬、莫箚特的音樂，這真是激動人心的時刻，普希金、巴爾紮克、羅曼羅蘭久違了！貝多芬、莫箚特、蕭邦久違了！人們奔相走告，一下子掀起了一個購書熱潮，每個書店門前排滿了購書的人群，好不熱鬧！那些原本是不敢見人的「牛鬼蛇神」臭老九們，也擠在人群中彈冠相慶，好不舒暢！購書成了當時最時髦的事情，我排了一個通宵的隊，購了一摞子書，走在馬路上引來了許多人的羨慕眼光，好不風光！

如今我老矣！回顧一生，讀了這麼多書，吸取了這麼多人的知識精華，但光取不給予，對人類還未作出半點貢獻，可謂是人生的憾事。遺憾歸遺憾，讀書會是不能停止，但不是像從前那樣泛泛而讀，現在我讀的書集中在宇宙物理科學方面，而且是深究細讀，定位在撰寫一部關於宇宙方面的書上，書名都定好了：《宇宙猜想》。拿破崙說過，不想當將軍的士兵不是好的士兵。我借用他的話：不想得諾貝爾獎的科學家不是好科學家，這便是我的奮鬥目標。話一出口，震驚四鄰，親友們都笑我是神經病，他們的話不錯，我從小就有迷戀宇宙科學的「神經病」，我老是在問：天有多大，地有多久，物有多少。這些深奧莫測的哲理，至今沒有人回答得使我信服，即使是愛因斯坦、霍金這樣的權威科學家，他們的著作也沒有一個完整的論述。這的確是一個天大的難題，但世上無難事，只怕有心人。其實，前人已為後人搭好

了一個經驗之梯，只要沿著這架智慧之梯，敢於攀登，敢於想像，事情也不是那樣難得不可攻克的。至今我已經閱讀物理、宇宙科學方面的書籍十幾年了，並寫下了幾萬字的讀書筆記，還畫了不少示意圖。估計再這樣鑽研三四年，就可以動筆寫作了，其架勢看來是動真格的了。親友們看到我這種執著勁，佩服之語還是三個字「神經病」。但願上帝不要急於招我歸天，讓我的「神經病」發到底，到那時一定會有成效的。後記：如今我靠電腦這高科技工具，寫書如虎添翼，目前我已經寫了10萬字，關於宇宙的科學發現部分基本上完成，後半部分要寫宇宙起源於神即上帝創世的內容，為了寫好這個部分，我攻讀了《聖經》，寫下來幾萬字的讀書筆記，現在正在寫神是客觀存在的、不容置疑的來龍去脈，其中對聖經的耶和華有許多質疑的話，有所冒犯，請基督教徒們原諒寬容，我相信基督教的教義：愛至高無上。不會加害於我，我可以大膽地寫，放心地寫。

為《閔行文學》撰寫的文稿2003年11月

# 往事依濃

　　一個七歲小姑娘站在一幅油畫前停住了腳步，她仰起小腦袋，專心致志地欣賞著一幅油畫，奇異的光彩從她那大而明亮的眼睛中流露出來，口中發出稚嫩的讚歎聲：「哇！好美的畫啊。」

　　這幅油畫是康定斯基的作品，色彩濃烈絢麗，有著振人心魂的魅力。康定斯基是現代抽象繪畫的創始人，他的藝術作品有一種超越時空的神祕力量，難怪這個小姑娘在眾多的油畫作品中只迷戀這一幅。展覽大廳的人們驚奇地望著這個小天使，欽佩她的藝術欣賞力。「這可愛的孩子叫什麼名字啊？」我拉著她的小手得意地說：「她叫錢依濃，我的學生」

　　六歲她就跟我學畫畫了，她媽媽說，她從三歲起就愛畫畫，畫起畫來，是那樣的專心致志，在紙上塗啊畫啊，三、四個小時都不會分心。她是一個很靦腆的孩子，見到陌生人就要哭，可是她第一次見到我一點不認生，我說依濃這個名字和她的小臉蛋一樣美，她朝我笑了，笑得那樣天真可愛，我就喜歡上她了，這也許是一種緣分。

　　我每星期六中午到她家教一個下午的畫。每到這個時候她就在陽臺上等我，見到我出現在弄堂口，她就興奮地跑下樓來迎接我，回去的時候，她會送我到48路站上，這是一份孩子的純真的感情。

　　我教畫不單是教繪畫的技巧，更注重的是素質教育，

音樂、文學、歷史、科學等知識，都會在教畫或休息時以講故事的形式灌輸給她，有時還帶她參觀畫展、博物館，讓她見多識廣；到公園裡寫生、野餐，讓她領略大自然的甘美。五月份的植物園是鬱金香盛開的樂園，六歲的依濃在花中寫生，陽光下那紫色斑斕的陰影，襯托她那紅撲撲的圓臉蛋，和鬱金香相應生輝。她還是第一次看到這樣五彩繽紛的鬱金香，興奮地在花叢中又叫又笑、又跑又跳，像一個快樂的小狗，盡情享受孩子應有的自由和樂趣。有一個夏天，我帶她參觀上海博物館古代書法展覽後出來，她見門前廣場上的噴水池有許多孩子在戲水，她也參加進去，不一會就成了一個落湯雞，我索性把她的裙子脫下來曬乾，讓她只穿一條褲衩在噴泉中盡情地玩。孩子那天真無邪的心靈，就如大自然那樣清澈純淨，具有天生的感染力。看著她蹦蹦跳跳無拘無束的玩耍，也給我增添了莫大的樂趣，有時我心中暗暗地把她看成一個可愛的小寵物。

大家聽過《電話訴衷情》這首歌吧，多麼纏綿委婉，情感真摯，百聽不厭。可是，我更愛聽依濃在電話裡的聲音。星期六的早晨，她總愛賴在床上給我打電話，告訴我一些好玩的事，唱歌，學貓叫、狗叫、火車鳴笛聲等。有一次她說她會學蛇叫，我說我從來沒有聽到過蛇會叫，於是她胡亂地叫了幾聲，說這就是蛇叫，她是屬蛇的，所以她說她的叫聲也同等於蛇叫。這是一個她逗我樂的笑話，真是又頑皮又可愛。然後她提醒我今天中午不要忘記來教畫。我聽到阿娘（奶奶）催她起床的叫聲。「早點來，拜拜！」電話掛斷了。這就是一個孩子的天真的衷情。

　　依濃是一個聰明的孩子，她那美麗的鳳眼閃爍著靈性慧光，學畫認真投入，悟性也好。她畫得最得心應手的是水墨畫蝦。她臨摹了幾次齊白石的蝦後，就領悟了其中的要領，便開始自由發揮了，大筆一揮，幾隻活靈活現的蝦躍然紙上，酣暢淋漓，水墨效果極佳。有一次畫了一幅四蝦戲水圖，形態栩栩如生，水墨滋潤透明，筆法老練瀟灑，堪稱上品。落款更讓我歡喜：送給聶老師，依濃九歲畫。我把這幅畫裱好，配上鏡框，掛在我的客廳裡。親友們見到這幅畫，無不叫絕。有的還不相信這是出於一個孩子的手筆。有一次親友們在我家聚會，我也把依濃請來了，借此機會，依濃揮毫當場表演畫蝦，她沉著冷靜，胸有成竹地在宣紙上運筆，筆筆生輝，酣暢自如，不一會七八隻形態生動的蝦躍然紙上。整幅畫墨色層次分明，虛實有致，佈局巧妙，還洋溢著一種惹人喜愛的童趣。親友們信服了，無不讚歎她的畫技和氣派，她謙虛的說：「這都是聶老師教的。」

　　每星期六中午到她家教畫，已是我生活中難以割捨的一部分，更是一種莫大的歡愉，這份情結整整六年沒有間斷。在學畫的同時，她還練就了一手漂亮的書法，八歲考到書法三級，後來她的字越寫越好，雖然沒有去考級，我看達到六級有餘。到了她12歲的時候，讀書的負擔也越來越重，畫畫寫字的熱情也慢慢減退了，我也該是告別的時候了。雖然後來我又收了許多孩子，有的成績還超過依濃，但是總是沒有和依濃在一起的那種愉悅感覺。現在回憶那段往事，感覺依然濃郁，有如我人生中一段華彩樂章。

　　有人說我對自己的兒子沒有這份感情，這就冤枉我了。

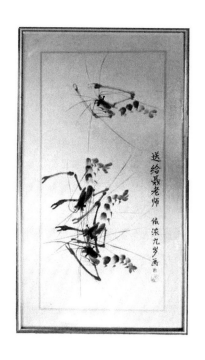

教依濃的那一套我都在兒子身上實行過了，而且有過之無不及，可是我們之間沒有心靈的溝通，他更沒有對藝術的激動，任我怎樣啟發，都喚不起他對美術的愛好。本來，畫畫是一種快樂的享受，是一種內在激情的釋放。如果沒有這種感受，強求他去做，那就成了一種負擔，他會感到痛苦不堪。我教過許多孩子的畫，第一眼我就能從他們的眼睛中看出，這個孩子是真正熱愛畫畫還是僅僅為了好玩。熱愛畫畫的，看到老師，他、她的眼睛會發出明亮的光彩，充滿著熱切的期待，他、她們的心靈是聰慧的，有悟性的，一點撥就理解了，這叫心有靈犀一點通。這樣的孩子不多，我教學了十幾年，只有三、四個，其中依濃是最優秀的。

　　現在的依濃，已是一個19歲的漂亮姑娘，文學藝術修養很高，她有一個博客網，發表了許多好文章，她的觀點很前衛，特別同情那些弱者，如林黛玉、潘金蓮、琥珀等，文章的筆鋒無情地鞭撻那些歧視婦女的男權主義者。請看她寫的關於潘金蓮的一段文章：

　　　有誰？真正同情過潘金蓮——末了，遇到了武松，這個她真心想要抓住的男人，為了他，她甘願背上淫婦之名，說到底，潘金蓮不過是個敢愛敢恨的女人，誰知道頭來落花有意隨水流，流水無心戀落花，不，也許武松也愛過潘金蓮，只不過這個高大英挺多男人在封建禮教的壓抑和羞見天日的怯懦下，變成一個不折不扣的愛情侏儒。還要用一種最小氣的手段，藉著為兄申冤的由頭，慘殺了他口中的「姦夫淫婦」，西門慶也就罷了，就當是咎由自取，但是潘金蓮，這個不惜扔掉廉恥將愛獻給他的女人，怎會換來這樣一個慘無人寰的死刑，用女人的雪花肚腸來祭奠他的兄弟，多麼莫名其妙荒誕可怕的舉動，到頭來，反成了萬人稱頌的大義凜然的英雄事蹟，難道這就是舊中國的道德觀？

　　這就是現在的依濃，她說她的思想還是很傳統的，但是，她那離經叛道，愛恨分明的精神，確實令人肅然起敬，還能相信她曾是一個學蛇叫的調皮小姑娘嗎！

2008年11月15日 星期六

# 「市三」女生

　　走進現在的江蘇路，馬路開闊，高樓林立，行人稀少，雖然帶點現代氣息，但一點沒有「味道」，唯一保留那種「味道」的地方，就是市三女中了。如今的市三女中，門面雖然裝飾一新，但她仍然透露著一股舊時的高貴氣息，其氣質依然如故。

　　這座蜚聲海外的百年名校的前身是1881年美國基督教聖公會創辦的聖瑪利亞女中和1892年基督教南方監理公會創辦的中西女中，1952年上海市人民政府接管，合併命名為上海市第三女子中學。

　　在過去的一個多世紀裡，學校培養了一大批傑出的女性，有科學家、醫學專家、藝術家、社會學家……，我們比較熟悉的有文學家張愛玲，藝術家顧聖嬰、黃蜀芹，電視節目主持人「胖胖」沈殿霞等，最有名的當然要屬宋氏三姐妹宋靄齡、宋慶齡、宋美齡。被譽為「女子人才的搖籃」。

　　那些傑出的女性離我們已經太遙遠了，在我們心目中，她們的形象早已被某種光環照得模糊不清了，甚至連同我們的母親、姑媽、嬸嬸那一輩的「市三」女生的大家閨秀風範也依稀難辯了，在我們腦海裡仍然清晰難忘的那種有血有肉、多姿多彩的「市三」女生形象，是在上世紀五六十年代，她們不是什麼傑出人才，都是普普通通的良家少女，卻更加親切可愛。

　　303弄後弄堂的籃球場和市三女中一牆之隔。那時的牆是一道破舊的竹籬笆，有一個地方還被我們拆成一個缺口，我們經常通過這個缺口跑到市三女中的綠油油草地上去玩，翻跟頭、摔跤、鬥雞（兩人單腿相撞的遊戲），女生都叫我們野小人（上海話小人就是孩子）。有一年下了一場大雪，那綠色的草坪被厚厚的白雪覆蓋。大清早，有七八個女生活躍在雪地上，她們在堆雪人。我們在籃球場上也堆砌雪人來，女生看見我們這些男生來了，玩得更起勁了，還伴隨著陣陣嬉笑聲，一會兒，大家都熱得出汗了，便紛紛脫去棉衣。脫去外套的女孩特別嬌美，紅撲撲的臉蛋，烏黑的頭髮，豔麗的絨衣，裹著初發育的身體，顯露出那迷人的曲線，個個都如花似玉。我們也都是英俊小夥子，個個體魄健壯，充滿著青春活力，自然也吸引著她們。

　　男孩在女生面前總是靦腆拘泥，表現得一點也不「出儻」，倒是女生膽大，仗著她們人多勢眾，開始瘋瘋癲癲起來。先是她們「嘻嘎嘎」地向我們發難，扔出一個雪球，於是，一場雪仗就這樣開始了。我們跨越「國境」，衝到她們的領地，搗毀了她們的雪人，她們也不示弱，搗毀了我們的雪人。雖然「戰爭」打得很激烈，男生笑，女生叫，大家都很友好，玩很盡興。分手時大家都有些依依不捨，打仗時我們很勇敢，一相互面對，我們的勇氣一下子蕩然無存，變得靦腆起來，不好意思說話，還是女生大方，她們介紹自己都是印尼華僑，希望大家保持這份友誼，和我們一一握手告別。

　　下午四點鐘是市三女中散學的時候，三五成群的女生紛

紛走出校門回家。她們的衣著並不華麗，但穿在她們身上，個個都很得體，青春煥發，嬌美迷人。有的嫻雅文靜，氣質聖潔，有的談笑自若，風度灑脫，有的嬌嫩害羞，稚氣未脫，有的蹦蹦跳跳，活潑可愛，一路嘰嘰喳喳，這一路段頓時熱鬧起來，這是江蘇路上一道誘人的風景線。

我們喜歡站在弄堂口觀賞「風景」，許多女生是住在附近的，和我們也面熟，但見了面卻羞答答地，不好意思打招呼，相互能用眼光瞟一下，就蠻夠意思的了。堂妹崇慧也是「市三」的佼佼者，回家時，常常和她的同學（也是要好朋友）楊道林、沈錦柳一起走，她們都住在附近。楊道林嬌巧的身材長著一個清秀動人的臉蛋，柏林情話式的髮型，襯托她更加賞心悅目。最勾魂的是她那時髦的牛仔褲（香港帶來的），均稱「吃肉」，緊裹著剛發育豐滿的臀部，勾勒出少女初長成的曲線，那簡直是一件藝術品。沉靜柳氣質高雅，天生麗質，白淨細巧的臉上戴著一副金絲邊眼鏡，嬌嫩可人，苗條的身材和文雅的舉止，體現出大家閨秀的風範。這三位佳麗光彩照人，我們稱她們為「中西」三劍客。

「三劍客」走到我們面前，總是先和我們打招呼，還阿哥長阿哥短地叫，我們受寵若驚地胡亂應付，毫無章法，好在有堂妹在中間斡旋，才不至於在女生面前丟面子。後來混熟了，我們也就不再拘謹了，沈錦柳和我們講「市三」的鬼故事：「市三」樹林裡有一座塔樓，因為是白色的，大家都叫它為白塔。這座陳舊神祕的白塔，其門永遠是鎖著的，是女生們恐怖幻想的源頭。她曾經和幾個同學好奇地來到白塔去探險，她們透過門上滿是灰塵的破碎玻璃往裡張望，裡

面只有一些蒙滿灰塵的桌椅，突然在陰暗牆角的床下，看到一雙繡花鞋，她們腦海裡閃現出一個披著長髮的白衣女鬼，在陰暗的房間裡飄來飄去，女生們都驚叫起來，一哄而散。過後，她們又忍不住走過去張望，越恐怖越激發她們的好奇心。楊道林也到白塔探險過，她不相信裡面有鬼，她的愛好是溜冰，我們還和她在仙樂斯溜冰場玩過幾次，她的溜冰技巧很高，會溜S形、交叉、倒溜等花頭，我們都是向她學的。那時人們認為到溜冰場去溜冰，男女搞在一起，是不正派行為，不過她總是置那些莫名其妙的指責不顧，很樂意和我們玩，因為我們都很老實又有充沛的活力。她們聽說我們吃貓肉，「哇！」驚訝地叫起來，那可愛的表情、嬌滴滴的聲音至今還在我的腦海裡迴旋，那時候我們太單純了，沒有一點不軌之心。遺憾的是我們一直沒有再見到和我們打雪仗的那幾個女生，聽堂妹說，她們有的返回印尼去了，有的到香港去了，因為她們過不慣大陸那單調艱苦的生活。

讓我永遠不會忘懷的「市三」女生，是一位充滿愛心的高中女生，她的名字叫丁慧敏，那是80年代末的事。我的兒子希門因母親生病住院，沒有人照顧和輔導他讀書，學習成績很差，使我焦急如焚，這時經一個朋友介紹，認識丁慧敏。她不是那種外表嬌美的姑娘，而心地非常善良。她瞭解到我家的情況，便主動提出無償承擔輔導希門功課的任務。那時希門在江五小學讀書（在市三女中隔壁），每天下課後，丁慧敏就接他到「市三」去輔導他做功課，像母親一樣地關愛他。有幾次我因工作出差深圳，她就到我家（303弄）來照顧希門的學習和生活，這樣一直堅持到希門小學畢

業，最後她也畢業考大學了，不能再照顧我的兒子了，她的無私情意，高尚精神，我無以回報，只能送給她一幅畫，聊表心意，除此以外我別無能力，只有永遠記住她的恩情。現在因幾次遷居，與她失去聯繫，我曾多次打電話到「市三」詢問她的資訊，都一無所獲，我只能默默地祈禱，衷心祝願她：好人一生平安，永遠幸福。同時我也衷心感激這個「女子人才的搖籃」的老師，培養出這麼優秀的女生。

2010年4月12日

# 玉佛寺之戀

　　上海文學藝術研究院在1986年春，搞了一個中國古典文學讀書班，請了一些著名的作家、教授來講課。我在這個讀書班裡混了半年。結業時，該院的領導人在玉佛寺給我們舉辦了一個別具一格的結業典禮。

　　在讀書班中，我最大的收穫是結識了一位窈窕淑女，芳名趙亦蘭。我們是同桌同學。第一天，我就被她那清秀文靜的外表所吸引，在相互自我介紹中，瞭解到她在公交六場任車輛調度工作，24歲，未婚。為期半年的學習，我們之間產生了微妙的感情。結業之際，我們都有些難分難捨的情調，約好早點去玉佛寺了了心願。

　　自從認識了她，我的心情就發生了變化，開始注意起修飾自己的外表，今天是我們第一次約會，又是在佛教聖地，更是不能隨便，沐浴更衣，理髮擦鞋，把自己打扮得三清四綠。趙亦蘭似乎沒有什麼明顯的打扮，衣著素雅，面淨眼亮，一束秀髮隨意地在腦後打了一個髮結，清新雅致，氣質不凡，我們倒像一對善男信女。

　　正當我們要進入玉佛寺之時，趙亦蘭止步說：「我們何不來一個入寺隨俗。」我雖然不知道如何入寺隨俗，但很欣賞她那高雅的趣味。在讀書班時，我們常常不用心聽課，在課桌上做些小動作，她有時出些文字遊戲，或是寫一首小詩，或寫出一條上聯，要我對下聯。這些我都不如她，但我

畫起漫畫來，她絕對佩服。有一回我把正在講課的蘇淵雷教授畫得像太上老君，讓她差一點笑出聲來。

她一本正經地說：「我們把世俗的姓名暫時留在玉佛寺門外，各取好一個法名才進去如何？」這個主意好，即新鮮有趣，又有虔誠之心。我自取法號為「自覺」，她取法號為「淡定」，我們感到自己儼然是一個佛教信徒了。

玉佛寺是一座仿宋殿宇建築，佈局嚴謹，結構和諧，氣勢宏偉。今天正好是農曆初一，佛教信徒們都接踵而至，玉佛寺的香火自然是格外興旺。寺內鼓樂低迴，香煙繚繞，氣氛祥和，同外面的噪雜世界相比，完全是兩重天地。我還是第一次來這裡，新鮮感讓我東張西望，腳步凌亂，言不著調，與周圍的那些虔誠的善男信女比起來，顯然有些不協調。

「自覺，你是第一次來這裡吧？」淡定在笑話我的那種失態行為，我並不在乎，我的一舉一動都在她的眼裡，我不想裝腔作勢來取悅她，聽其自然更好。正是這樣，她似乎也受到影響，變得放鬆起來，談笑間我們來到天王殿。

寺內中軸線上，依次為天王殿、大雄寶殿、玉佛樓。步入第一進天王殿的三扇朱紅大門，可見一尊方臉大耳、袒胸露腹的大佛，這就是家喻戶曉的彌勒菩薩。淡定將一枚一元錢的硬幣放在彌勒菩薩的腳下，笑著說：「他原本是布袋和尚，以行乞為樂，不管人家施捨不施捨，他都是笑口常開，始終是樂呵呵的。我就喜歡他那種心態。」我掏出一元硬幣來，也想買一個快樂。淡定止住我說：「不必再給了，我的一元錢裡也有你的一份。」這是一種暗示，此刻我們倆是一

個整體，有福同享，不分你我。我會意地看了她一眼，她的臉上泛起淡淡的紅暈，眼含情，眉帶笑。那種神韻稍縱即逝，即刻恢復了她那淡定自若的神態。

第二進主殿是大雄寶殿。內供三尊金身大佛，正中是佛祖釋迦牟尼；東側是東方琉璃世界的藥師佛；西側是西方極樂世界的阿彌陀佛。這是一個氣氛莊嚴的殿堂。在氤氳的香煙中，有十幾個身穿袈裟的和尚盤坐在後殿念經。嗡嗡的經聲和有節奏的鼓聲鈴聲匯成一種神祕的交響樂，使人心神恍惚，誠惶誠恐。淡定神態安詳，端正而立，沒有跪拜。我們默默地站著，用心與神靈對話。面前的佛像，雖然是無生命的雕塑，但有一股威勢，不得不讓人們肅然起敬。我總覺得，在這裡燒香求佛的人，都是想幹大事的人。毛澤東、蔣介石等大人物都對佛心存畏懼，內心與佛有著割不斷的淵源，他們求的就是大事。釋迦牟尼也歡喜管這些大事。他說：阿彌陀佛，你們去普渡眾生吧。於是這些大人物領悟佛祖的宗旨，都把人民大眾推在前面。淡定聽了我的怪論，嫣然一笑說：「倒也是，佛祖那有閒工夫管老百姓的雞毛蒜皮的小事。」

關心老百姓疾苦，專管雞毛蒜皮小事的菩薩在寶殿后方，那就是「大慈大悲、救苦救難觀世音菩薩」。她站在鰲魚身上，手持淨水法瓶，慧眼注視著人間，準備隨時去解救那些受苦受難的眾生。淡定雙手放在胸前，眼光凝視著觀世音菩薩，默默祈禱，神態虔誠，溫柔嫺靜，東方女性那種特有的美德，此刻在她身上一覽無餘，如果在她的腦後添上一道光環，簡直就是聖母再現。

「她應該叫觀自在菩薩。」她柔聲地說：「玄奘說這是譯梵文時出的差錯。後來人們就將錯就錯，叫到如今。」我附和說：「叫慣了也就習慣成自然。叫觀世音菩薩好像更親切一些。」「在所有的菩薩中，我最喜歡觀世音菩薩，她就像一位慈祥的母親。」我原本對菩薩並沒有什麼信仰，此刻，為了討好她，也迎合了她的感情。淡定多情地問：「人們說，祈求觀世音菩薩總是有求必應，自覺你祈求過沒有？」她的情感溢於言表，即親切又可愛，以至於我不忍心說沒有。其實，她在祈禱時，我正在欣賞她那動人的神態，凡俗之心充斥我的全身，哪裡還有心思作祈禱。說謊總是會心虛的，為了掩蓋我那心虛的表情，我講起故事來：觀世音菩薩本來是有求必應的，老百姓遇到什麼困難，只要默默地念幾聲觀世音菩薩，觀世音菩薩就會下凡救苦救難。尤其對那些婚後沒有子女的夫妻，只要他們到觀世音菩薩面前求子，觀世音菩薩特別熱心，總是有求必應，老百姓也稱她為送子娘娘。可是，有一天一個農民在自己田地裡出恭，費了九牛二虎之力，還沒有把大便拉出來，他一急之下，隨口念了幾聲觀世音菩薩。觀世音菩薩聽到人間的呼救，急忙下凡去解救。當她見到那個「撒汙面孔」的農民，簡直把她氣炸了，一怒之下撒手離開了。從此她再也不有求必應了，出於她大慈大悲的秉性，她還是對那些真正有難，而且心誠的善良人民施以慈悲的幫助。

「不雅！」淡定雖然這麼說，她還是頗感興趣地問：「你這個故事是從哪裡聽來的？」「我童年時，一個老保姆沈媽講給我聽的。」我感覺良好，繼續將故事說下去：「沈

媽可是質樸、善良，對菩薩篤信不移的佛教信徒，尤其相信觀世音菩薩，如果我做了什麼不好的事，她就會拿觀世音菩薩了嚇唬我，說我的頭上會長角，來世變豬狗。有一次我生了一場重病，高燒不退。沈媽比我母親還要著急，跑到廟裡燒香磕頭，求觀世音菩薩保佑我快點恢復健康，並把香灰帶回來，放在藥裡給我服，後來我就好了，我也相信起觀世音菩薩來，讀書時我常常祈求她保佑我考試及格，然而總是不靈驗。」淡定咯咯地笑了起來。「自覺，你小時候一定是一個調皮鬼，考試老是不及格，是嗎？」

第三進是方丈室。匾額上寫著「般若丈室」，意思為在這一丈之地能容納無量的智慧。我們隨意參觀了一遍，裡面陳列了一些名人字畫，其中有一幅「佛緣」的條幅引起了我們的注意，其字豪放瀟灑，墨色酣暢淋漓，才氣畢露。落款是蘇曼殊。

在讀書班，郭青教授（復旦大學）講「蘇軾的禪味」課裡講到過蘇曼殊。其人是孫中山的第一任秘書，柳亞子稱他為「詩聖」，後來削髮為僧。有一回他在南開大學講課時，有一位年輕貌美的女大學生手持紅葉請他題詞（這是一種求愛方式），蘇曼殊執筆寫著「還情一缽無情淚，恨不相逢未剃時。」他拒絕姑娘的求愛是多麼的高雅浪漫。

「真是字如其人。」淡定感歎道：「有佛緣，卻無塵緣。世上真有不少遺憾的事。」

「世事難料，緣卻是定數。」我很理解淡定的感受，她現在需要的是一種哲理性的體貼，「緣是世界上最神祕的規律，按佛教的說法，姻緣在前世就定好的事情，佛是姻緣的

老式媒婆，只管配對，不管愛情，無緣確實是成不了姻緣，所以世上有許多愛情悲劇。賈寶玉和林黛玉、羅密歐與茱麗葉他們就是典型的無緣情侶。不過，我認為結成姻緣固然美滿，然而，難道愛情一定要結為夫妻才完美嗎？事實上，大多數夫妻都感到愛情變了味，他們老是埋怨他們的愛情今不如昔。我覺得，結婚與否並不重要，只要情侶之間心心相印，心靈溝通，把愛情昇華到更高層次，那才是真正的美好。」我的說教是言不由衷的，在愛情問題上，極少人能滿足於柏拉圖式的愛情。我還是認為，如果能和面前的這位溫柔姑娘結成伴侶，那就是世界上最幸福的人。我把蘇曼殊的題詞改了一個字，暗暗地背誦著：「還情一缽無情淚，恨不相逢未婚時。」

樓上便是玉佛寺供奉玉佛的寶殿。玉佛端坐殿堂之上，佛的全身裝貼著金箔，鑲嵌了許多寶石，光彩奪目。玉佛是由整塊和田白玉精雕而成，為釋迦牟尼法相。從藝術角度來看，玉佛的雕琢精美絕倫，可以說是舉世無雙。從神態上看，和大雄寶殿上的釋迦牟尼多了一份慈祥，更富於人性感。在這裡沒有那種神的壓抑感，我們的神情完全是放鬆的。

「自覺，我們一起跪拜一下，每人許一個心願，好嗎？」淡定拉著我的手，眼光那樣懇切情深，使我無法拒絕。我原本是一個無神論者，佛是人類精神文化的產物，我並不排斥佛，但是要向佛跪拜磕頭，頂禮膜拜，我認為這是一種幼稚的迷信，就我個人來說，決不會去幹那種毫無意義的可笑蠢事。當下，淡定的神態又和剛剛在觀世音菩薩面前

那樣虔誠，聖潔可親，坦誠可愛。我突然一下子領悟到神的魅力。神是人類精神文化的濃縮昇華，它可以使人進入純淨的境界，精神得到陶冶，從而跳出世俗的樊籠，許多煩惱可以得到解脫。世界是多元的，生活才會豐富多彩。

匍匐在菩薩腳下的感受是難以言志的，許什麼願好呢？現在無非是對淡定的態度，空虛之詞，毫無意義；實質之願，無法實現。我是有家室的人，總不能違背家人的利益。胡亂許願，又對不起淡定的一片真情，這真是兩頭為難。看來我是太認真了，實質上也就是真動情了。最終我什麼願都不許，求一個心安理得。淡定好像完成了一椿心事，滿臉輕鬆，平靜得我們之間好像沒有什麼隔閡（她知道我有家小），她的思想境界真是昇華淡定了，我真不如她。

讀書班的結業典禮安排在玉佛寺的餐廳裡，並榮幸地邀請到了玉佛寺的方丈禪真大法師。邊品嘗精美素食，邊聆聽禪真大法師講經。大廳燭光搖曳，燈光柔和，以金黃色為主調的裝飾，使大廳充滿著奇妙的鎏光紫氣，我們似乎身處仙境之中。禪真由幾位學院領導陪同在上座就席，曠達隨意，款款而談。我和淡定坐在不顯眼的桌位上，對方丈的講話有點心不在焉，她吃得很少，話也不多，有時挾幾筷她認為好吃的菜給我。我感受得到她此時的心情不好，我也有這種難受的感覺。宴席一散，我們就要分手，何時再見面就難說了。她是一個識大體的人，不會做破壞我家庭和睦的事，此一別，就不會有見面的機會了，我們的情緣也就了結了，難受之情是掩飾不了的。她掏出一個筆記本來，思考了一會，寫了一些什麼。我只能借酒消愁了。

最是難過辭別時。宴席散後學員們紛紛告別，有的結伴同行，有的成雙成對而行，我和淡定默默而立，依依不捨，依戀之情難以言表，此時無需語言告別，即使擁抱也解不了離別的傷感。最後還是趙亦蘭打破這種沉默的場面，勉強露出一點笑容說：「崇永，我們又不是生離死別，何必這樣難過，以後總有機會見面的，是嗎？」我仍然無言可說，只是默默地點頭。她從筆記本上細心地撕下一頁紙，折成一個像元寶形的紙包放在我的手上，「這是我在宴席上寫的一首小詩，就作為一個紀念吧。」

　　我們該是分手的時候了，同時也是玉佛寺之戀結束的時候。我獨自端詳著那元寶形的紙包，它越來越像一顆愛心。輕輕地展開這顆「愛心」，呈現出一縷溫馨的心願：

　　　　心潮隨鼓樂，虔誠拜玉佛。
　　　　入禪求淡定，皈依修自覺。
　　　　兩門皆不納，蠟炬淚一缽。
　　　　塵緣此別了，佛緣永不惑。

　　　　　　　　　　　　　　　你的佛友淡定的心願

後記：我寫了一篇《玉佛寺玄想》的文章郵寄給她（附文
　　　章），她在電話裡告訴我，這是她最珍貴的信物。後
　　　來我們只在電話裡問候，始終沒有再見面。

# ▎玉佛寺玄思

聶崇永

　　黃幰兮低垂，紫幡兮飄然，鎏旆兮交輝，朱龕兮高懸。欄閣逶迤而雅靜，殿堂幽冥而森嚴。金剛屹立猙獰威武，玉佛危坐慈祥端莊。香煙嫋嫋而彌漫，鼓樂叮咚而悠揚。佛經朗朗身近意遠，袈裟起伏心遊神晃。誠者誠惶誠恐，遊者熙熙攘攘，薰紫氣兮沐佛光。

　　玉佛兮精神之表像，脫俗而立，超物而存，物能不滅，神能焉泯！若隱若現，似有似無；囿於心而不散，信於誠而不移，謂之神靈。雖虛，卻縈於心；雖玄，卻圓于常。虛而不幻，玄而不誕，故流傳不亡。

　　沉淪兮投之於佛門，超脫兮求之於禪定。世俗難堪，佛境豁然。其僧，篤信不惑，心靈淨化，萬般皆空；其俗，虔誠不疑，精神寄託，百事皆寬。自覺必淡定，塵情宜淡泊，佛緣方悠長。

　　點香燭，許心願，一拜託終身；宴素齋，抒誼情，一聚結良緣。祥雲紫氣，意悅心歡。

　　　　　　　　　　你的佛友自覺永不惑1986年5月

# 多一份諒解

一隻貓的故事。

我家裡有一隻貓，它的外表極為普通，是那種到處都能見到的黑白摻雜的貓。我是一個不喜歡養寵物的人，如果這隻貓只有這些特點，我早就把它趕出家門了。留住它的原因只有一個，那就是它具有懂禮貌的品質。

它是自己來的，一隻外來的流浪貓。它第一次來到我家門前時，叫聲是那種長聲調，委婉懇切，彷彿在說：請收留我吧，我是一隻懂事的貓。我看它可憐，就讓它進門了。進門時它輕柔短促地叫了兩聲喵喵，我完全能感到它是在說謝謝。衝著它懂禮貌這一點，我就收留了它。

這是一隻雌貓，性格溫柔安靜，我在看書的時候，它就靜靜地躺在旁邊，體內發出低頻率的嗚嗚聲，使家裡多了一份和諧的氣氛。它還有一個優點，不論是白天或晚上，它從不在家里拉屎。每當它要拉屎時，它會對著我叫兩聲，其聲調和謝謝的聲調顯然不同，是那種請求的口氣。每次拉好屎回來進門時總會用謝謝的聲調叫兩聲喵喵，它比人都懂禮貌。

有一天它突然變得不講禮貌起來，叫聲也不那麼柔和，情緒也不安靜了，甚至會跳到桌上偷東西吃。開始時我只訓斥它幾聲，它非但不改，反而變本加厲地偷東西吃，好像我不給它東西似的。我確實生氣了，便用棍子打它，而且打得

很重。它並不躲閃，總是用委屈的眼光看著我，求我諒解它，手下留情。

它出外的次數越來越多了，有一次好幾天都沒有回來，我開始對它厭倦了，甚至忘記有它這樣一個家庭成員。

有一天我又聽到門外有貓叫聲，聲調雖然有些異樣，但我還是聽得出還是那隻貓。我打開門一看，驚訝地看到它的後面跟著三隻胖乎乎、毛茸茸的小貓，可愛得要命。我一下子明白了，它是在外面生小貓，才好久沒有回家。同時我也明白了它為什麼變得那樣饞的原因，它懷孕了，需要更多的營養，按平時的食物量已經不能滿足它的生理需要，才不顧禮貌而偷東西吃的，這不是它的錯誤，是我太粗暴了，我感到十分後悔，當時我怎麼沒有覺察到這一點呢。我懷著歉意的心情請他它們進來，它帶著三隻貓仔在我房間裡走了一圈，並沒有留下了來到意思。它用謝謝的聲調朝我叫了幾聲，貓仔也和母親一樣懂禮貌，喵嗚喵嗚叫了幾聲，那叫聲稚嫩可愛，簡直是天使的化身。

母貓領著貓仔出去了，我跟在它們後面，想看看它們的新家在哪裡。它們進入86號的家門，我進去一打聽，才知道這隻貓不是流浪貓，原本就是這將人家養的，前一響他們回安徽老家了，這隻貓無依無靠，才到我家避難的。

這家的主人倒是熱心大方，願意送給我一隻小貓，我已經虧待了那隻母貓，不好意思再奪它的愛崽。臨別時，那隻母貓挨著我的腳送到我門口，喵喵地叫了幾聲，這明顯是再見的意思。

我回到家裡，有一種孤獨感襲上心頭，懺悔自己的粗暴行為，對一個善良生靈的誤會。遇事多一份諒解就好了。

聶崇永2009年2月2日

# 隨著莫箚特的韻味

尋她千百度，終於覓到了我日思夜想的DVD樂曲——莫箚特的《G大調第17鋼琴協奏曲》。一直在頭腦裡跳躍欲出的旋律，在揚音器裡播放出來，使我沉醉在久別重逢的親切感之中，往事歷歷再現。

延安西路番禺路口，一個幽靜的地段，在一堵一抹色黑的牆籬笆內，有一棟綠蔭覆蓋的小洋房。牆籬笆上開有一扇蒼舊的木門，上面用白漆寫著一個蒯字，這是九姑媽的婆家。蒯家是上海灘上有名望的富貴人家，其大少爺蒯世京是我的九姑爹，為人和善爽朗，曾留學英國劍橋大學，回國後任上海發電廠總工程師，58年反右運動時，被打成右派，調往濟南工作，九姑媽也跟隨他一起住在濟南，他們的大兒子蒯文彬（倍倍）留在上海讀書，住在這裡，我和他有過一段難忘的情誼。

拉一下門邊上的繩子，裡面響起清脆的鈴聲。

「哪個？」一個帶蘇北口音的人問。

「富子。」

門打開了，傭人張媽客氣地叫了一聲：「聶家少爺。」

客廳裡飄逸著淡淡的古巴雪茄香味，大娘娘、小娘娘、大姑父、毛毛姐姐一家人在玩橋牌，氣氛溫馨和諧，我像一個有禮貌的乖孩子，向每一位長輩打招呼，毛毛姐姐是一個漂亮典雅的姑娘，我靦腆地叫了她一聲。

「倍倍在樓上，你自己上去好了。」她們把我當自家人一樣，隨我去玩。

倍倍比我小十歲，愛好音樂、文學、攝影，和我意氣相投，經常喊我到這裡來欣賞音樂（他收藏的唱片），他總是在三樓等我。

經過二樓時，我不會忘記到倍倍祖母房間裡去向她老人家打聲招呼。祖母是一個瘦小體弱的老人，她總是坐在床上用酒精爐熱飯菜，旁邊放著一些瓶瓶罐罐，邊吃邊烹調，一頓飯要吃上好幾個鐘頭，這也許她唯一的娛樂。倍倍稱呼她「好婆」，我也這樣叫：「好婆，你還在吃飯啊。」「富子，來嘗嘗我做的杏仁薄荷羹。」我總是不掃她的興，過去嘗上一口。「好吃嗎？」我點點頭，她台了一下乾瘦的手說：「倍倍在三樓，叫他不要翻我的東西。」

三樓實際上是一個儲藏室，裡面堆放著許多大大小小的箱子，塵封著祖輩的祕密。倍倍就像一個探險家，一有機會就到三樓來翻箱子，探尋箱中的寶貝。我上來的時候他正在玩弄一個從箱中找出來景泰藍煙缸。

「來了。」倍倍笑眯眯地和我打招呼。「好婆是不是又給你吃她調製的東西？她總想配製出一種長生不老的仙丹，你看她越來越乾癟了，真的要成仙了。有一次我偷偷地在裡面放了一些安眠藥，讓她好好地睡了一覺。」倍倍如此調侃甚至惡作劇，這是他對好婆特有方式的愛，在這個家裡，他與好婆最親。

倍倍是一個從小被慣壞了的孩子，脾氣任性，一不如意就胡來蠻幹，家人都讓著他。只有我來了，他才會安寧一

會。他對我倒特別好，好多事他都遷就著我，也許他只有我這樣一個常陪著他聽音樂的朋友。

在靠窗的地方放了兩只舊沙發，中間放了一隻留聲機，地上堆放著許多唱片。他的唱片全都是西方古典音樂，他欣賞音樂的品味很高，對每一部音樂作品也有獨特的理解，可以說他是我進入古典音樂殿堂的引路人和啟蒙老師。幾個月來，我們欣賞了貝多芬、莫箚特、柴可夫斯基、孟德爾松等的許多經典作品，我們特別喜歡並反覆欣賞的是孟德爾松的《e小調小提琴協奏曲》、貝多芬的《D大調小提琴協奏曲》、柴可夫斯基的《D大調小提琴協奏曲》，還有聖桑的《引子與迴旋》，比才的《鬥牛士之歌》等。欣賞到精彩樂章時，倍倍精神亢奮，他那長長的馬面興奮得發紅，跂拉著謝家子女特有的嘴唇，激動地站起來揮動雙手指揮，彷彿在他面前有一個正在演奏的交響樂隊。他邊指揮邊還給我講解每樂章的意境，我是他的忠實聽眾。

今天要給我欣賞的是他新弄來的一張唱片——莫箚特的《G大調第17鋼琴協奏曲》。他掏出兩支雪茄煙說：「這是上好的古巴雪茄，我從大姑父那裡偷來的，抽上這傢夥容易進入狀態。」我們一人點上一支，吞雲吐霧地進入了莫箚特的音樂旋律之中。

這是莫箚特為心愛的學生——芭芭拉・普洛耶寫的樂曲，充滿發自莫箚特內心的愉悅，還有幾分細微的體貼，美妙動聽。

莫箚特的精神是被一腔愛的情緒浸透了的，這是兒童心理的天真溫柔、和諧至誠的愛，所以他發自心靈的音樂，永

遠是熱情、秀麗、典雅、優美，像泉水一樣清澈透明，充滿了愉快的生活氣息和青春活力。樂曲中鋼琴幻想型的琶音和木管優美地對答，表達了莫箚特心靈的熱情和純潔。

古巴雪茄煙很凶，我吸了幾口就吃不消了，便把雪茄煙放在景泰藍煙缸上，凝視著雪茄煙那縷縷青煙，感到那自由而飄忽的樂章在氤氳中更令人心曠神怡。驀地，那嬝嬝青煙在空中勾勒出一個少女的形象，猶如芭芭拉的幽靈在莫箚特的音樂魔幻下現形，樂曲變得更美妙動聽了。倍倍以為我走神，提醒我說：「注意，思緒不要中斷，第三樂章就要來了，這是最好聽的。」

第三樂章是一個輕快的主題，燦爛明快。倍倍激動起來了，他站起來按音樂的節拍揮動手臂指揮著，還不斷地提示我，唯恐我疏漏了那最精彩的變奏。

連續的變奏使這一樂章潤飾得更加輕快活潑，猶如莫箚特那天真開朗的童心，他表達的柔情永遠是「我愛你，你也愛我吧。」

以鋼琴為中心完成了第一變奏，接下來的是長笛、鋼琴以三連音符快速音群加以潤飾，在激情傾訴中完成了第二變奏旋律，第三變奏木管與鋼琴優雅地表現出歐洲各國的旖旎風光，這是他六歲隨同父親、姐姐到歐洲各國旅行演出時，在心靈中留下的永不磨滅的美好印象。在作曲時他總是情不自禁地流露出這種印象，滲透在樂曲的旋律中，這也是莫箚特向芭芭拉殷勤獻媚的一種別致方式，好比和煦的風吹過一片紫羅蘭的田野，帶來一陣幽香。結尾是一連串越來越快的變奏，每個音符都如玲瓏剔透的珍珠，閃爍著燦爛光輝。

這位薩爾茨堡的神童是一個純粹的音樂家，從他的心靈裡流淌出來的音樂全是聖潔、和諧的甘泉，能安撫緊張的精神。據說還有減緩癲癇症、孤僻症患者的神奇療效。（別的音樂家都沒有這種功效）在這個時刻，倍倍的神情虔誠得像一個聖徒，眼中噙淚水，說話都有點哽咽。他把那只景泰藍煙缸擦洗乾淨，放回箱中。他堅持要送我回家，一路上，他不斷地哼著第三樂章的輕快主題。他的樂感很好，能完整無誤地表達出來，也深深地銘刻在我的腦海裡。

倍倍於1989年去了澳大利亞，從此杳無音信。在國外的人，大都為了生計而忙碌，為生存而奮鬥，根本就沒有閒情來享受音樂的樂趣。過去的倍倍永逝了，但是他那鮮活的形象永遠活在我的心中。

我還是我，在我一生最艱難、悲慘的日子，每當絕望使我失去生活勇氣的時候，莫箚特17鋼琴協奏曲的第三樂章那輕快優美的旋律就在我腦海裡迴旋，我默默地哼唱著，即是以美好的回憶來排遣令人窒息的孤獨和寂寞，更是鼓勵自己勇於面對艱難。樂曲那洋溢樂觀主義的情緒，讓我度過最痛苦的階段。1978年，我們的勞改車間的揚聲器裡，停止播放「在我們社會主義的制度下，只要改惡從善，都有自己的前途。」的說教，突然響起了莫箚特的弦樂小夜曲，天啊！這簡直是上帝的福音，我當即跪在地上哭了起來。這不僅預示我們這批「反革命」有出頭日子了，更為激動的是，預示著一個有著莫箚特韻味的陽光燦爛的日子必將來到。

在與倍倍長期失去聯繫的當口，也許是音樂的緣份，我又交上了一個也很歡喜莫箚特音樂的朋友。他也比較我小十

歲，可是我們都叫他「老楊」，他曾是我的「同犯」，在提籃橋監獄時，是宣傳毛澤東思想小分隊的小提琴手，1978年和我同年得到平反。

「老楊」欣賞音樂特別注重音響效果，他的音響設備都是他自己精心選擇、配套而成的，音響效果極佳，我經常到他家欣賞莫箚特的樂曲，遺憾的是他沒有《G大調第17鋼琴協奏曲》。2004年，他全家移居加拿大的蒙特利爾。三天前的晚上，他打電話告訴我，他在二手貨市場買到了一套莫箚特的密紋唱片，其中有《G大調第17鋼琴協奏曲》，不過是用現代手法演奏的。他當即開大音響，讓我在電話裡欣賞。演奏的是第三樂章的主題旋律，鋼琴節奏相當強烈，富於爵士韻味，少了一點典雅，多了一份活力，別有風味。我彷彿看到了莫箚特穿著T恤衫、牛仔褲在紐約街頭跳街舞，他童心未泯，風韻猶在，形象又滑稽又親切。莫箚特音樂是我精神的一部分，古典和現代我都欣賞！

寫於2008年10月25日星期六

# 餛飩攤上的e小調

在上世紀的60年代，愚園路江蘇路的十字路口，是一個讓人懷念的溫馨之地。其四個角的商店我仍歷歷在目。東南角是五豐油醬商店，旁邊是長寧圖書館；西南角是一個鞋店，往西轉一點，一扇黑色的鐵門內有一幢漂亮的三層樓洋房，特別醒目的是三樓那圓弧形的玻璃客廳。據說，這是汪精衛姨太太的住宅；西北角是同德堂中藥店，西邊是美康食品商店，北邊是新新食堂；東北角有一個小廣場，座落一片儲蓄所，和一個郵局。到了晚上，有一個賣餛飩的人總在這裡設攤。

1963年的一個仲夏之夜，我和女朋友在上海音樂廳聽完著名的小提琴家盛中國的音樂會回家的路上。我們乘20路電在烏魯木齊站下車，愚園路從這裡開始，一直到中山公園，靜謐而雅致，是一段溫馨的戀人之路。在幽暗的燈光下，茂密的法國梧桐樹葉婆娑起舞，吸引了許多情侶在這裡喁喁漫步。

這是我第一次交女朋友，還是三弟崇平介紹的，是愚園路第三小學的音樂老師，名字叫王蕙。今夜的活動是我投其所好之舉，而且音樂會節目的檔次很高，是上海首次演出的樂曲──孟德爾松的《e小調小提琴協奏曲》。這個樂曲之美，聞名世界，與貝多芬的《D大調小提琴協奏曲》、勃拉姆斯的《D大調小提琴協奏曲》、柴可夫斯基的《D大調小

提琴協奏曲》並稱為世界四大小提琴協奏曲,有人稱其為小提琴協奏曲中的「夏娃」。這個樂曲我在表弟倍倍家聽過多次,對其中優美的旋律很熟悉,王蘅也非常欣賞這個樂曲,她竟能哼唱得出第一樂章中的主題旋律。這個主題旋律是如此的鮮明,在沒有序引和前奏的烘托下,一開始小提琴以熱情甜美的音調如歌如訴地奏出了主部主題。王蘅哼唱時的神情,怡然自若,倍感親切,在路燈氤氳中,她的身上宛如籠罩著一圈柔美的光環,有一種超凡脫俗的感覺。音樂語言是最美麗的詞藻,此時人的語言變得黯然失色,一張口就感到是那樣的俗不可耐。我們默默地漫步,心靈都沉浸在孟德爾松的浪漫溫情之中。

孟德爾松的才華和靈感來自於良好的家庭教育和自己的音樂天賦,他生活在幸福之中。9歲登臺表演鋼琴獨奏,10歲就能創作音樂,他的作品是古典主義與浪漫主義的完美結合,賦予作品詩意的典雅和柔美的勻稱。1838年一個美麗的五月早晨,微風帶著芬芳拂面而來,突然一個靈感在孟德爾松頭腦中一閃,眼前那靜謐的大自然中,躁動著一種絢麗多彩的旋律,他身心難以安定,揮筆寫下了《e小調小提琴協奏曲》這一精美絕倫的樂曲。

盛中國那嫻熟的小提琴技巧,把第一樂章中的華彩樂段演奏得熱烈華麗,燦然生輝。大管的一個悠長音符,如曲徑通幽,將小提琴的餘音延留到第二樂章。

「第二樂章的韻味極為醇美,是嗎?」王蘅的聲音輕柔、帶有心靈的顫抖:「還帶有一縷淡淡的憂傷色彩。」音樂老師的體驗真是細膩,她感受到樂曲中湖光山色那如畫如

歌的旋律。

孟德爾松的足跡遍及歐洲各地，蘇格蘭的美麗海岸，巴黎的繁華街道，威尼斯的奇妙水城，蘇黎世的安謐湖光，都是他創作靈感的素材，他就如一個風景畫家，作曲時用虛無縹緲的音符描繪了它們的倩影。作曲家在這一樂章裡總會流露出情感的波動，在人生最美好的時刻，一種莫名的憂傷色彩隨著瀰漫開來，有如詩人的氣質，其韻味更加感人。感染這種韻味的情侶是最銷魂的時刻，我的手在她的腰間融洽得宛如一體，此時此刻這兩人的世界，又似乎感覺不到你我之分。

不覺走到十字路口的小廣場，藉著黃色的路燈，隱約可見那放有一張小方桌的餛飩攤，還能聞到蔥蒜麻油等調料散發出誘人的香味。「我們坐一會吃碗餛飩好嗎？」我的提議得到她的默許。

那時的夜宵攤販沒有現在的大排檔那份張揚和喧鬧，而是靜雅雅的，偶爾發出幾聲梆子聲，使夜晚渲染得更加朦朧幽靜，彷彿是一幅柯羅的油畫。在昏暗的燈光下，那個賣餛飩的夥計在鍋灶挑邊忙碌著，扇火、調湯料、下餛飩，時明時暗的身影的動作，表現出一種有條不紊的節奏。我們坐在桌邊的條凳上安靜地等待。不一會，一股餛飩煮熟的清香氣味飄了過來，那個夥計一面用笊籬撩著餛飩，一面吹著口哨，那口哨吹得相當好，清脆圓潤，穿透朦朧的夜色，使小廣場那夢幻般的氣氛更加厚重。驀地，我感到那口哨吹出來的樂曲是那樣的熟悉，啊！這是孟德爾松的韻味，是《e小調小提琴協奏曲》第三樂章那主題曲調。原本是小提琴獨奏

出的熱情歡快的旋律，經他口哨吹出來，那熱情歡快的旋律變得更加明媚亮麗，悅耳動聽，真是別有一番風味。我連忙碰了一下王蘅，她也注意到了這個夢幻似的口哨聲，瞪著驚訝的眼睛輕聲地說：「十足的e小調韻味，奇跡！」

餛飩夥計端過來兩碗熱騰騰的餛飩，我趕緊站起來接過，並仔細瞧了他的臉。這是一張清瘦文靜的臉，30來歲，眉宇間略帶憂鬱神色，有著藝術家的氣質。「看不出你的口哨吹得這麼動聽。」我讚歎地說。「賣餛飩是一個單調乏味的生活，吹吹口哨聊以自慰而已。」這聲音吐露著沮喪的情緒，這和他剛剛吹出煥發青春活力的曲調完全是兩種不同的精神狀態，其中一定有他難言的苦衷。當今世道，不公正的事情太多了，在這個不尊重知識份子的社會，藝術家賣餛飩也不是奇怪的事情。我們雙方雖然沒有多少語言交流，但我們都默契地感知對方的情趣。他默默地包起餛飩來，再也沒有吹口哨了。我付錢的時候，他輕聲說了一聲謝謝，接著追補一句：「謝謝理解！」

夜色朦朧，燈光搖曳，法國梧桐樹葉婆娑起舞，e小調韻味縈繞在我們的心中，兩人世界的身影漸漸融入了仲夏夜之夢中。

後記：我和王蘅終究未成眷屬，後來她嫁給了一個共產黨幹部。1978年我在小廣場郵局寄信出來的時候，與王蘅不期而遇。她完全是一個中年婦女的模樣，面容蒼白，有點憔悴，當年的風韻蕩然無存，女人真是經不起歲月的消磨。她知道我平反了，臉上露出一絲欣慰的笑容。她說我的氣色老好，一點不顯老。我問起她的生活情況時，她沒有直接回答

# 我的崇明親家

5月1日是我兒子希門和其戀人陸小亮訂婚之日，他們邀請我和外婆、阿姨、舅舅等12人到崇明去參加兩家的喜慶儀式。

陸小亮（我們都叫她小陸）父母的家在崇明陳家鎮展宏村，他們四代同堂，都是本地的農民，是一個殷實農家。長輩遵循老法，兒女結婚應該先訂婚，這是對婚姻大事的重視，本無可非議，兩家親家乘這個機會見見面，瞭解一下雙方的家庭情況，也是對子女的負責，也不失為明智之舉。我這腦子有點不適時宜的超前，總認為這是勞民傷財的繁瑣舊習，心裡有些牴觸。然而，操辦這些事又不要我費心，甚至不要我花錢，都是我兒子和兩家的大人辦好了，這時我再表露出不滿的臉色，那就太不識相了。

汽車由我兒子開，他輕車熟路，在崇明的陳海高速公路上飛馳。崇明是一個尚未開發的好地方，到處都是農村的自然風光，這是上海市唯一保留的一塊生態園區，等大橋和隧道建好後，國家要在這裡開發一個國家級的生態地質公園，崇明就是一塊寶地了。現在來一趟崇明島很不方便，今天光是汽車渡江排隊就排了四個小時，所以這裡的房價還很便宜，一個平方只要兩千多元，聽說花三十來萬就能買到一幢別墅，有眼光的人應該早些到崇明投資。汽車轉進了農村的簡易公路，兩邊都是高大的梧桐樹，風景宜人。快到陸家

時，希門停下車來，換上了一套嶄新的西服，一根紅紫白鑲間的領帶襯得他格外英俊瀟灑。

在一片綠色蔥蘢的樹林中，座落著幾幢三層樓新房，這些新樓房都是今年剛裝修好的，在當地人看來都是最豪華的式樣，樓房模仿歐式小洋房那樣的人字形屋頂，蓋的是塗有琉璃色的瓦片，外牆一律都是瓷磚貼面，有的還裝飾一些花花綠綠的吉祥圖案，陽臺有的用不銹鋼欄杆圍住，有的用明亮的塑窗封閉，所有的房屋前面都有一塊寬敞的水泥地。我們一眼就看出中間那幢裝點得喜氣洋洋的新樓房便是陸家大屋。

他們一看到我們的汽車在農家小道上緩緩開來就鞭炮齊鳴，屋前水泥場地上站滿了迎接賓客和看熱鬧的人們，其中打扮得最漂亮的便是準新娘陸小亮。她身穿紫絳紅的折疊長裙，肩披黑色天鵝絨的小馬甲，長長的捲髮自然地垂在白淨的頸項邊，顯得分外亮麗。

按輪次排輩我們先後下車，希門在旁邊向我們一一介紹女方的家人，首先迎上來的是小陸的父母親，然後是祖父母、姑媽、姐姐等。希門未來的丈母娘和丈人是地道的當地農民，其形象也與他們的身分相配，其母和在場的婦女一樣臉頰都是土紅色，溫良和善，親切熱情；其父也和在場的男人一樣，皮膚粗糙，臉色黑裡透紅，健康質樸，率直真誠。他們緊緊地拉著我的手，用崇明話向我表示摯誠的問候。應付這種場面我表現得非常笨拙，除了連連說好以外，幾乎沒有說出什麼像樣的話來，還是大舅舅活絡，一會誇男方怎麼怎麼好，一會誇女方怎麼怎麼好，面面俱到，皆大歡喜。經

過一番客套寒暄後才前呼後擁地進入了客廳。

這是一個有東廂房、西廂房、後廂房的寬敞客廳，粉刷得潔白明亮。正廳和東廂房擺設了八桌酒席。桌子是傳統的方桌，凳子是現在很少再用的條凳。正廳中間的桌子為準新郎新娘和第一長輩坐的，男方的客人和女方的直系親屬都在正廳入座。菜肴極其豐富，都是當地土特產，雞鴨豬羊現殺現燒，魚蝦蟹貝鮮活烹製，雖然都是上好的東西，但鄉下人不講究色香味那一套虛頭，只要實惠就行，所以在燒菜時總是烹調單一，火候隨便，調料簡單，當然味道就大打折扣，那裡滿足得了城裡人吃习了的嘴巴。不過我們還是懂得禮節的人，決不會不識好歹「瞎三話四」，還是滿口讚詞，說這個菜新鮮，那個菜味純，大口吃菜，大碗喝酒。小陸的父親不善言辭，為了表示對我們這些貴客尊敬，他不斷地打開酒瓶，往我們的碗中倒酒。這是本地釀制的一種米酒，味甜質醇，吃口很好，但後勁實足。大舅舅海量，來者不拒，我有些招架不住，宣告投降。菜肴一道接著一道，很快桌子上的菜盆堆成寶塔形。

在宴席中，希門表現得相當得體，他溫文而雅，一會給岳母揀菜，一會給岳父敬酒，一會給大舅舅遞煙，當然他也沒有冷落外婆。二老非常喜歡這位性情溫和、為人老實的毛腳女婿，希門長希門短地疼愛有加，這叫上海人的一句俗語：丈母娘看女婿，越看越歡喜。送紅包也是今天不可少的儀式，岳母岳父給他兩只大紅包，接下來陸家長字輩都紛紛過來往希門口袋裡塞紅包，樂得他嘴都合不攏。小陸也很有禮貌地招待我們，雖有些拘謹，但不失禮節，不停地揀菜敬

酒，招呼我們吃好。她和她的孿生姐姐的外表已完全城市化了，白皙的皮膚，纖細的手指，長長的捲髮，連說話也沒有本地口音，可以說一點也看不出她們是農家的女兒。

小陸和希門原先是一個工作單位，他們倆談朋友有兩年時間了，看上去小陸是很關愛希門的。希門從小失去母親，缺少母愛和家庭溫暖，他的心靈對愛是非常敏感的，如今小陸溫柔的關愛，猶如春天的雨露，澆灌了他那萎靡的心苗，他的精神狀態為之一新，對小陸的感情自然是情深意篤。他們相處是那樣的親密，每每看到他們倆在一起時，總是卿卿我我，耳鬢廝磨，我欣慰地感到那真是幸福的一對。

午宴結束後，小陸引領我們參觀這座樓房裝飾最漂亮的二樓。二樓有東西兩個套間，中間有一個寬敞的客廳，放有式樣新穎的沙發，還有大螢幕的液晶電視機和音響設備。套間也很舒適，由兩房一衛生間組成，衛生間的設備也都是名牌的。這是她們姐妹二人住的，由於妹妹先結婚，父母又喜歡希門，所以把最好的東套間分給了他們。大舅舅說，希門真有福氣啊。在項家（外婆家）希門這一輩的有六個子女，除最小的姑娘還在讀書外，其他都有對象了，在這些對象中，大舅舅最看得中的就是小陸了。

樓房周圍是農田菜地，還有大片大片的養蟹池塘，這都是由外地人來承包，崇明有名的「六月黃」蟹，就是從這一帶出產的。陸家人的農活就是種蔬菜、玉米、糯米，一年的收入不下五萬元。上海人愛吃的崇明糕，就是這裡出產的糯米做的。崇明的老白酒，也就是我們在宴席上喝的米酒，也是這裡的糯米釀的。這裡的糯米質地極佳，糯而不膩，鬆軟

清香，可稱得上是上等的綠色食品。

這裡的村民民風純樸，家家戶戶都門戶敞開，主人在還是不在，白天都不關門，任人進去參觀，從來沒有發生過什麼盜竊事件，和上海城市居民躲在防盜鐵籠裡自我囚禁的環境相比，這裡真算得上是世外桃源。我們懷著久違的新鮮感，沐浴著明媚的春光，穿越蜿蜒的田間小道，磨蹭在豌豆莢、油菜花叢中緩緩而行，兜了一個大圈子，此時已是夕陽西下，喜鵲歸巢，白鷺盤旋，我們這一行踏青悠閒的人也回到了陸家大屋，親家們又是出迎，又是鳴放鞭炮迎接，豐盛的晚宴在等待我們，免不了大吃大喝。

最是難過辭別時，第二天一早，我們將辭別親家回上海的家，汽車上已放滿了親家送給我們的禮物，都是當地的土特產，而且都是我們在吃飯是讚譽過的東西，有糯米，有米酒，有雞鴨，有魚蝦，甚至還有一大袋小青菜，這種摯誠的感情使我大為感動。告別的儀式拖得很長，大家拉著手說一些感激的客套話，遲遲不能上車，好不容易上了車，小陸的母親隔著窗懇切地要我下次再來時帶著希門的叔叔、嬸嬸、孃孃一起來。汽車在一片告別聲中開動了，親家的房屋漸漸遠離而去，送行的人們還在向我們招手，這時我才真正體會到李白告別汪倫時的感情：桃花潭水深千尺，不及汪倫送我情。

寫於2008年5月5日

# 禽鳥知我樂

白头翁在我家阳台上筑窝 2011/5

　　今天早晨發現陽臺內左上方有一隻鳥巢，這是一只用乾枯的草和絨毛混合編織成的巢穴，看上去還是剛剛築起來的，只完成了下面的部分。一會兒一隻白頭翁飛了過來，先站在朗衣繩上偏著頭觀察我的反應，它似乎懂得遊戲規則，沒有得到主人的許可，在別人家裡隨便築巢，這是違章建築，不過，它已經先斬後奏了，有些心虛，所以要看看我的神色。我儘量保持很隨意的姿態，它見我神態和善，沒有敵意，便跳進鳥巢進行它的編織工程。

　　我取來照相機，準備拍下這難得的鏡頭。白頭翁停止了

編織工作，開始觀察我手中的那個玩意兒。見多識廣這也是禽鳥的一種生存本能，它們完全能夠識別照相機和獵槍的區別（鳥對槍最敏感了），也能夠覺察到我的行為動機，白頭翁感覺對自己沒有危害，於是繼續它的編織工作。

　　野生的鳥雀對人類總是懷有一份本能的警惕，很少在別人家裡築巢。在我的童年記憶中，湖南鄉村南檻堤的草屋，燕子曾經在我們屋裡築過巢，燕子在我們客廳裡飛來飛去，還在鳥巢裡孵雛鳥，人和禽鳥相處自然和諧，別有一番情趣。當地鄉下人說燕子在誰家裡築巢，這家人就有福氣，所以大家都歡迎燕子來家裡築巢。也有個別不懂事理的人家，去捅燕子窩，掏燕子蛋的，燕子嚇得一去不復返，從此再沒有任何燕子會到此家築巢了，這家人家變得冷冷清清，缺乏生氣，周圍鄰居會漸漸疏遠他們，這個家庭的家運自然也好不起來。

　　白頭翁的習性一般都喜歡在田園和竹樹林間活動，從未見過在別人家裡築巢，我目前的這個應該是個別事例。

　　我的庭院雖然很小，卻是花木旺盛，生態環境不錯，尤其在四五月份，薔薇花怒放，綠色氤氳，染得滿園春色。我常坐在園中看書飲茶，沐浴自然風光，寫詩填詞，自得其樂，情趣盎然。有兩隻白頭翁是這裡的常客，它們是一對夫妻，形影不離，據說白頭翁的愛情相當專一，夫妻情深意篤，至死不分離。它們經常停在薔薇花的枝頭上，翹動著尾巴，囀鳴著歡快的歌聲，和我的情趣融洽。歐陽修在他的醉翁亭記寫道「禽鳥知山林之樂，而不知人之樂。」此言差矣。殊不知人和禽鳥的樂趣，在自然點上是統一的，當情趣昇華至自然點上，人鳥共用其樂，相互就產生信任感。白頭

翁將鳥巢築在我伸手就能夠到的地方，而且還要在此下蛋，生兒育女，這是對我的信任，這種信任是建立在共同樂趣的基礎上。這也是自然賦予生物的天性。

這種情趣許多人是不能理解的，他們看到我的小花園總是不順眼，提出一些讓我哭笑不得的建議。有的人很害怕花草，說天井裡這麼多花草，蚊蟲一定很多，會飛進屋子裡來的。現在社區裡綠化都很好，牆外花草叢生，一牆之隔，兩米之遙，難道蚊蟲就不會飛進來！我們現在的住房，不管有沒有花草，都裝有防蚊紗窗，和花草有什麼相干，其實花草並不是蚊蟲的孳生處，有許多花草反而有驅蚊效果。有的人建議我把花草剷除掉，鋪上水泥地，看上去清清爽爽。沒有綠色，到處都是清一色的灰色水門汀，讓人窒息，哪裡還有清爽的感覺，我始終搞不懂，花草怎麼就會讓人有不清爽的感覺呢。還有些人建議我在天井裡搭一個房間，這樣可以增加居住面積。這些人肯定都是違章建築分子，一有機會，就會見縫插針地搭棚棚，貪婪地擴充地盤，住在這種簡陋的棚棚裡，生活還有什麼樂趣。看來，這些人得了城市綜合症，滿腦子的高樓大廈、熱鬧的商店、繁華的時窗、車水馬龍的道路等等，這些才是他們追求的生活方式，自然的本性消失得一乾二淨，禽鳥見到這種人，直覺告訴它們：危險！儘快飛得遠遠的。有這些人在，地球不發生生態危機才怪呢。

我得的可能是城市恐懼症，看到那些人頭攢動的地方就頭疼，聽到汽車的轟鳴聲就心慌，聞到汽車排出來的尾氣就想吐，總之，城市讓人神經緊張。我的北京堂弟崇瑞、崇文也得了這種城市恐懼症，他們在喧囂的城市裡住久了，就渾

卜算子　一团春意思　写于2011年5月1日

翩翩春姑至，婀娜万般姿。烟花三月烂漫节，蔷薇最先知。
雨润苞栩栩，日照绽满枝。莫道群芳默无声，一团春意思。

身不舒服，於是，每隔一段時期他們就開車到荒山野嶺，搭上一個帳篷，無拘無束地住上幾天，澈底放鬆一下緊張的神經。我完全理解他們的行為，他們的情趣完全脫離了城市的低級趣味，其價值觀昇華至融合自然的更高級別。

　　我沒有條件到荒山野嶺去調整緊張的神經，只能在這一小塊土地上悉心經營，營造一個我自己的伊甸園，與自然對話，與禽鳥共樂，能延年益壽。

2011年5月26日

後記：鳥巢已經完全築好了，上面還裝飾了一個蝴蝶結，
　　　真妙！

# 芬奇夢

每當聶崇良進入淮海路茂名路這一帶，神情就處於夢遊狀態，他開著破舊的嘉陵助動車，轉進了茂名南路163弄，在門牌為3號的理髮店（往日的芬奇畫店）門前停下，他從衣袋裡掏出一張芬奇畫店的名片，點上一支煙，坐在臺階上，他那飽經滄桑的臉深情地注視著眼前那虛幻的芬奇畫店，魂牽夢縈，在嫋嫋青煙中，往事歷歷在目。

佈置精美的芬奇畫店灑滿陽光，他的水彩畫還是第一次以有價形式面向社會展出。答錄機發出柔和的古典音樂聲，財務費南安逸地坐在櫃檯上做賬，畫家兼總經理的崇良正在臨摹法國畫家傑克・路易・大衛的《拿破崙越過阿爾卑斯山》的油畫，偉林興致勃勃地坐在旁邊欣賞，不時地發出幾聲讚歎。四弟沉浸在這種從未有過的溫馨和諧氣氛中，身心愉悅，情緒亢奮，精神狀態極佳，他那還不太熟練的油畫筆法，今天發揮得得心應手，在偉林的瞎吹捧聲中，他將騎在馬上的拿破崙畫得栩栩如生。偉林是本店最熱心的朋友，他儼然像本店的工作人員，天天來「上班」，他的到來總是伴隨著歡樂，滔滔不絕的粗魯幽默牛皮，使店堂的氣氛立即活躍起來，他還充當義務講解員，來了顧客，他就會裝出一副行家模樣，賣力地講解，像煞有介事地一會近看，一會遠看，一會用手指構成一個方框來局部看，嘴裡語無倫次不著邊際地瞎扯，顧客被他的熱情周到的指點感動，不好意思離

開，大都是耐心地觀看每一幅作品才走，當然，這只能騙騙外行顧客。

上海老建築水彩畫家徐元章，是本店的股東之一，他其貌不揚，為人隨和，臉上總是笑眯眯的，對我們的經營方式從不過問，即使我擅自動用店裡的資金購進一大堆廢品，他也不責怪，還笑眯眯地說：「聶大哥，不要再吃藥了。」他在上海頂級地段寶慶路3號有一所龐大的花園洋房，過著世外桃源般的優越生活。他是一個理想主義者，情緒總是很好，充滿著對畫店前程的美好憧憬，他交往的上層人物很多，外國朋友也不少，駐上海領事館的高級人員都常來他的家欣賞和購買他的水彩畫，有了他的參與，我們信心倍增。他的寶慶路3號的家，是我們股東和芬奇畫店工作人員聚會的地方，有幾個人初次到這個地方，看到這麼大的花園和洋房，驚奇得發呆，以為到了童話世界，和他們居住的狹小簡陋的房屋相比，那真是天地之別。從此，他們對我刮目相待，單位的總經理也光顧我們的畫點，來結識徐元章，還買了他一幅油畫。

畫家曹醉楓頗有些藝術家的氣質，也是一個理想主義者，為人和善可親，她有幾幅花卉水彩畫陳列在本店，雖然算不上什麼上品，但也很清雅，她總是信心十足，不停地出主意、提建議，是本店的鐵心朋友。

畫家吳曉明也是本店的常客，科班出身，有著深厚的素描功底，他的安徽老屋系列油畫，畫得細膩逼真，內涵古樸自然，品位高雅，價格昂貴，掛在本店醒目地位，使店堂蓬蓽生輝。

　　七弟崇湘熱衷於和美國lady詹尼弗交往，自從芬奇書店開張，他的熱情就轉移到書店裡來了，他常留連忘返於畫前，嘴上刁著一支煙，一副若有所思的神情，好像在研究畫的藝術品位，又好像在體驗我們首次創業的那種做老闆的快感。

　　妹妹崇怡正在做出國夢，據說一個美國的小城鎮聘請她去當體育老師，「託福」考試成了她去美國的難關，每次考試離及格總差那麼一兩分，搞得她焦頭爛額，疲憊不堪。在家裡又和母親談不攏，一句話不對，就會引起一場激烈的爭吵，她只有跑到芬奇書店來尋求溫暖，緩和一下緊張的神經，她那「蔡仔仔」（聶家兄弟的俚語）爽朗性格在這裡可以隨心所欲地發揮，毫無顧忌地張揚，「芬奇」的魅力就在於包容精神。

　　芬奇書店的夜晚，店門一關，裡面就成為我們這幫患難朋友、難兄難弟的快樂沙龍。大家席地而坐，圍著火鍋吃涮羊肉，煙霧中瀰漫著酒肉味，音樂中夾雜著談笑聲，那小小的廳堂洋溢著歡樂和溫馨，真是其樂融融啊。怪不得另外三個我們圈子外的股東心理不平衡，埋怨說：「好嘞，這畫店成了你們聶家兄弟的俱樂部了。」

　　老實說，我等都不是經商的料，我們在一起只不過圖一時的開蠻痛快，根本沒有認真研究過市場的動態，更沒有調查和評估過畫的價位，財務核算也是心中無底，至於那些所謂的推銷員，其實都是一些掏漿糊朋友，心中老是盤算自己的小九九。可以說，在市場競爭的戰場上，我們都是一群烏合之眾。更為糊塗的事，我憑一時之衝動，辦了一樁大傻

事。那是在94年元旦前夕，我和四弟踏著一輛黃魚車，來到共和新路的一個簡陋的小旅店，兩個貴州老鄉把我們領進了一間又陰暗又破舊的房間，剝落斑斑的牆角邊和兩張床底下堆滿了貴州木雕頭像，我們還以為發現了阿裡巴巴岩洞裡的寶貝，昏昏然的我動用了畫店資金6000元買下了全部的「寶貝」。我們也不看好壞，把這批「寶貝」統統搬上了黃魚車，興沖沖地踏回畫店。

華燈初上，彩燈閃爍，一派節日氣氛，朋友們在門口迎接我們，這種興奮溫暖的心情無法用語言來形容，大家七手八腳地把「寶貝」搬進房間，房間裡火鍋燒得熱氣騰騰，桌上地上堆放著許多菜肴和啤酒，歡慶新年到來和我們的淘寶收穫。一夜狂歡，迎來了新年的曙光，我們那發熱的頭腦，對這批「寶貝」充滿著發財的希望。哈哈，這不過是一場黃粱美夢。後來才知道貴州木雕已經過時了，馬路地攤上都有買，一錢不值，我淘到「寶貝」不過是一大堆柴板，難怪元章要嘲笑說：「聶大哥，不要再吃藥了。」

芬奇畫店開張以來，只接到一筆較大的生意——國際飯店定購了四幅油畫，收入一萬元錢。很快畫店就入不敷出，面臨瀕臨破產的厄運，禍不單行，我出車禍住院，五個股東中的三個小陸、李局、小張對藝術一竅不通，對經商也是門外漢，以前誇下的海口都是「大興」，他們私地裡碰頭搞分裂，準備退股（合同上是不允許的），現在只有元章這位喜歡甩派頭朋友和崇良這個浪漫派總經理在苦苦支撐，「芬奇」的命運不容樂觀。儘管如此，我們這幫樂天派並沒有因此垂頭喪氣，還是照樣在沙龍裡歡天喜地。

芬奇夢

　　我們這個圈子裡又增添了一員樂天派——崇立，他剛從美國回來，風度翩翩，談吐溫文爾雅，是我們中間頭腦比較清醒的一員，他也歡喜我們這個快樂沙龍，我們這個沙龍人員大都是頭腦簡單、盲目樂觀的可愛朋友，別看我們成天糊裡糊塗、嘻裡哈啦，幹不出什麼大事業來，但是，其感染力倒很強，阿立馬上受到影響，眼看快要倒閉的芬奇畫店，他的頭腦也有點發熱了，躍躍欲試，打算入股，支助搖搖欲墜的芬奇畫店，重振旗鼓，當一回老闆。

　　那天，崇立身穿咖啡色的風衣，帶著未婚妻鄭傳絳，來到我的病床邊，隨同來的還有崇良、元章、費南，大家圍著我的病床，討論芬奇畫店的改革方案，在溫馨的親情氛圍中，一致通過了最核心的方案：把書店的股份全部掌握在我們手中，同意圈外的三人退股要求，出於同情決定全數退還股金。按原來的合同，和目前經營虧本的情況，其退股金額不會多於50%，但是，出於我們仁厚善良的本質，不忍心作出那種冷酷無情的事來。我們致命的弱點就是心地太善良仁厚了，同情心是經商的大忌，所以說，我們不是這塊經商的料。不過這次「床頭變革」事件還是挺有紀念意義的，不論成功與否，都是永遠難忘。

　　阿立與朋友大衛在上海做的一筆生意沒有成功，他計畫入股的資金也就泡湯，芬奇畫店倒閉已成定局，崇良發揮了總經理的作用，和費南一起，把店內的一些油畫賣給了隔壁的一個服裝老闆，挽回了一些損失。過了年終歲末，這裡將改換門庭，再也沒有芬奇畫店了。

　　除夕夜，大家來到這個讓我們魂牽夢縈依依不捨的快樂

沙龍，以守歲的形式度過最後一個夜晚，店堂有些凌亂，已失去了往日的輝煌，大家的心情只有傷感，笑聲不太自然，牛皮有點僵硬。外面響起了除舊迎新的鞭炮聲，「蔡仔仔」拿起早已準備好的鞭炮，大聲喊道：「鞭炮放起來，大家都發財！」，頓時大家活躍起來，傷感氣氛一掃而光，紛紛湧到外面，點燃了鞭炮，一群永遠長不大的「孩子」在一片震耳欲聾的鞭炮聲中，告別了燈光幽暗的芬奇畫店，嘻嘻哈哈地走出來弄堂。

香煙燒痛了崇良的手指，他猛然從芬奇夢中醒悟過來，那張印有總經理銜頭的芬奇畫店名片掉落在地上，被風吹得無影無蹤，他腦海裡驀地出現印在名片上的蒙娜麗莎畫像，忍俊不禁，自言自語說：「蒙娜麗莎像海盜。」

寫於2009年聖誕夜

（附註：我在設計芬奇畫店名片時，上面畫了一個蒙娜麗莎的頭像，第一稿畫得不好，四弟說蒙娜麗莎像老刀牌香煙上的海盜，後來他想起這事就忍不住發笑。）

# 初生牛犢的氣魄

## ▌記徐元章「美麗的上海」畫展

　　應徐元章的邀請，四月十六日下午去外灘18號參加他的「美麗的上海」畫展開幕式。舉辦這次畫展是一些頗有名望的基金會和一些有實力的公司贊助的。在上海灘的頂級地段舉辦畫展，其規格之高可想而知，來賓也都是一些上海灘上有頭有臉的人物。元章日夜夢想的就是這樣的排場，這對身患重病的他是一個莫大的安慰。畫展後他就要住院開刀，切除動脈管上的一個惡性腫瘤，凶吉難料啊。

　　我帶了三個以前的學生去，她們是我的學生中成績最優秀的女孩，書法和中國畫都獲得上海書法協會頒發的八級證書。她們更最喜歡我那不拘一格灌輸綜合知識的教學風格。今天帶她們來的目的，是讓她們在參與社會活動中，開闊眼界，增進知識。

　　徐元章西裝革履，滿面春風，他喜歡女孩子，見到我的學生自然很高興，聽我介紹她們都是優秀的學生，得到過上海書法協會頒發的八級證書，他笑眯眯地拉著她們的手，要她們在現場露一手。

　　展覽出來的水彩畫我都在他家裡看過，我向學生大致介

紹了畫家的畫風，她們瀏覽了一下說，徐元章的作品和他本人一樣，有著舊時代的氣味，充滿著人性味。她們的評價很中肯，我心中自然很愉悅。

在開幕式的活動中有一項畫家當場作畫表演的節目。在一張長桌上放了一些中國畫繪畫筆墨紙張等工具，等畫家上去即興作畫。

不言而喻，在場的有不少大師級的資深畫家。他們謙讓了一會，有一位畫家執筆在宣紙上畫了起來，畫的是馬，筆法簡練，線條流暢，幾分鐘一匹馬就畫出來了，他又在馬腳下麵畫了一個學生模樣的人，好像駄著那匹馬，成了一幅馬騎人的荒誕畫，然後落款「馬比人重」，也不簽名。大家對這幅有點不倫不類的畫不敢恭維，不知誰將其一卷，扔在桌子下麵。冷場了一會，我的學生有點躍躍欲試，但是，她們由於學業繁忙，有好幾年沒有畫畫了，現在有些信心不足，怕畫不好。我鼓勵她們說：「重在參與和鍛鍊，畫得好壞不重要，勇敢些！上去露一手。」

劉晶晶第一個上去拿起筆，沾滿墨水，大筆一揮，酣暢淋漓地在宣紙上畫了起來。我此時心裡倒是有點緊張，心想這小姑娘真是在班門弄斧，關公面前舞大刀啊。

劉晶晶發揮得很放鬆，十幾隻蝦躍然紙上，形態生動，墨色潤渾，充滿童趣。博得了一片掌聲。

一位叫徐正九的房地產老總要這幅畫，劉晶晶鄭重其事地寫上贈徐正九先生，畫於外灘十八號，並簽上自己的名字。像模像樣地把畫遞上，並拍照留念。徐老總遞上一張名片給她，高興地說：「我一定把這幅畫珍藏起來，等你將來

出了名，這幅畫就值大價錢了。」

又有一位叫周臻的老總拿了一張丹麥美人魚圖樣，要劉晶晶為丹麥安徒生文化基金會畫上這個基金會標誌的畫。

這幅畫的難度很大，而且劉晶晶從來沒有畫過這種類型的畫，我怕她不能勝任，連忙推脫。可是，劉晶晶正在興頭上，爽快地接下這個任務。我提醒她只要掌握好整體就行了，她沒有讓大家失望，很好地完成了這幅丹麥美人魚的畫。周臻激動地連連道謝，又是遞名片又是拍照留念。劉晶晶這時真是風頭出足了，可是她一點不喜於形色，滿臉不在乎的模樣，倒是有點「小師」風度。

有了劉晶晶的榜樣，另外兩個學生膽量也大了起來，她們也上去畫起畫來，張玲玲畫竹，薛楠南畫蝦，都發揮得不錯，得到大家的好評，誇獎她們在權威人士前面那種從容不迫的精神。

徐元章忙於應酬，抽空過來鼓勵幾聲。大廳響起了圓舞曲音樂，接一下是餘興節目跳舞，他說他就要進醫院開刀了，不能和她們跳舞了，便匆匆離去。

在回家的路上，她們嘰嘰喳喳地問我今天的表現怎麼樣。我不在乎她們畫的好壞，而是欣賞她們心中那片還沒有滋長金錢名利價值觀的淨土，正是這種可愛的氣質，才會在權威成堆的面前，表現出那種初生牛犢不怕虎的氣魄。我逗她們說：「你們像一群小牛犢。」

2011年4月18日

# 父親隨巴赫而去

## ▌紀念父親逝世十二周年

　　父親的晚年生活過得孤獨淒涼，陪伴他的是一個用了四十多年破舊的老沙發，坐墊下面塞滿了舊報紙，坐上去很不舒服。我們建議買一個新沙發換掉這個老沙發，父親始終捨不得扔掉這個有著深厚感情的東西，他說凡是新的東西我都不習慣，因為新的東西總是冷冰冰的，沒有感情。

　　父親是一個重視感情的人，他的感情從不輕易表露，深埋在心裡，只有在他一個人恍惚冥想中，那抿著的富有男性魅力的嘴角上，露出一絲感情的端倪。

　　沙發周圍是他的小天地，他唯一的樂趣就是製作一些小器具，他會認真地先畫好圖樣，然後興致勃勃地取材，一會

兒剪啊，一會兒鑽啊，一會兒敲啊，一把小刀、一隻紙質的刀套、一個放牙籤的紙盒、一個插圓珠筆的木架、一只用銅絲彎成的掛鉤製作出來了，製作得精巧實用，放置在隨手可取的茶几上。寂寞時，他會拿起這些自製的小器具，邊撫摸邊欣賞，自得其樂。

暮年多陰冷，一條灰綠色的舊毛毯緊裹著腿膝的父親，手抱著熱水袋萎縮在舊沙發上閉目神遊，嘴唇上掛著往事的華彩樂章。

廬山雲霧縹緲，彷彿身處仙境。父母帶著剛滿一周歲的我，陪伴娭毑[1]到廬山避暑。我們沿著忽隱忽現的山路在溪流松石間漫步。山重水複處，眼前展現一座英國式別墅，綠蔭覆蓋，氣派不凡，石壁上刻著「美廬」二字。蔣介石夫婦正好從十字型長石臺階走下來，和我們不期而遇。宋美齡走了過來，很有禮貌地向娭毑請安，蔣介石站在石臺階上微笑著，目光如炬，炯炯有神，氣宇軒昂。父親曾在廬山培訓班聽過蔣介石的訓話。現在見到首長，自然要恭恭敬敬地向他點頭致敬。父親身材魁梧健美，岸然倜儻，其氣派除沒有犀利權勢的目光外，與蔣介石不分上下。宋美齡與四姑奶奶是好友，自然也結識了我的祖母，加上我們的豪門世家，自然不會怠慢。她寒暄了一會，摸了一下我的小腦袋，便告辭回到丈夫身邊。

滬江大學運動會上，最引人注目的是一萬米長跑終點衝刺的場面，全場師生拚命地叫喊，為一名即將打破上海市萬

---

[1] 娭毑，湖南人祖母的稱謂。

米紀錄的運動員加油。這名運動員就是父親聶光堯。他天生有一個長跑運動員的身材，修長的腿，肌肉勻稱，腳髁細而堅韌有力，腳底板有著富於彈性的曲線，耐力、彈力和爆發力都凝聚在這完美的腳上。在最後100米衝刺時，他的步伐大而有力，手腳的擺動配合協調，節奏有致，姿態優美，輕鬆地榮獲萬米長跑冠軍，並打破了上海市萬米紀錄，父親成了學校的風雲人物，得到明星般的禮遇。

父親騎著一匹棕色的阿拉伯高頭大馬，穿著米黃色粗帆布的馬褲，配上擦得錚亮的馬靴，真是英姿勃發。這是在湖南洞庭湖畔的小村莊南檻堤，父親被當地政府選舉為參議員，那天正是父親35歲生日，村民們敲鑼打鼓放鞭炮歡慶，父親騎在馬背上，喜氣洋洋地接受村民的膜拜。還請了一個戲班子，在曬穀場上用四個梆桶[2]搭了一個戲臺，唱了三天花鼓戲。河對面的南河村與我們這邊的村民素來不和，這次競選參議員失敗，更是耿耿於懷，企圖搗亂我們的歡慶活動。父親知道了，非但不生氣，反而大度地邀請南河村的村民過來看戲，還請幾個頭頭喝酒，吃壽麵。他們被父親的寬宏大量感動了，說出了他們這次搗亂行動的暗號——照相。一個頭頭醉醺醺地說：「照相就是打咧。」幸好父親的寬容大度，才解除了一場爭鬥。

在這個小村莊，父親的威信不亞於關帝廟裡的關老爺菩薩。村民有什麼糾紛，總要告到父親這裡，由父親了主持公道。有一回，有一個名叫劉一鑽子的農民受到李保長的欺

---

2　梆桶，農民打穀用的一種方形木桶。

侮，和老婆一起到父親這裡來告狀，他哭訴道：「他搶噠我的牛，打噠我的人，還要把我推到水裡頭。」他的老婆是湘鄉人，拿出當地的慣用手法，賴在地上耍潑皮，嚎哭道：「天阿公，救嗯啊[3]！」父親把李保長叫來進行調解，要他把牛還給人家。李保長是地方一霸，說什麼也不肯。父親伸出鼓著圓滾滾的肱二頭肌的手臂說：「我們來拗手勁，誰輸了誰還牛。」這一下把李保長震懾住了，他連連搖手說：「我喔是[4]敢同喜老爺拗手勁，算我背時。」李保長只得把牛還給劉一鑽子。父親為了表示感謝李保長的退讓，親自拿起紙枚子[5]點火，請李保長抽了一筒水煙。（在當地這是莫大的榮幸）

　　父親張開了眼睛，站起來把熱水袋的水倒了，換上熱水瓶裡的熱水，重新坐到沙發上，裹緊毛毯後，點燃了一支廉價的雪茄煙。他凝視著縷縷青煙，心靈出竅，神遊故國。

　　南檻堤是一個沿河村莊，背後是洞庭湖的子湖——長湖，中間是大片的水稻田，這裡完全是自然生態環境。有吃不盡的鱖魚、甲魚、才魚、青魚，父親更愛在晚上到水稻田裡抓鱔魚、田螺、青蛙。每次他總是帶領我們幾個小蘿蔔頭去。我們打著火把，走在田埂小徑上，這時父親總是高興地吹著口哨，那是一曲節奏歡快的包格尼尼小步舞曲。明月當空，夜色如洗，蛙唱蟲鳴，我們一行人踏著優美歡快的小步舞曲節奏，心懷秉燭夜遊之趣，邊玩邊捉，一直走到長湖邊

---

[3]　嗯啊，湘鄉話，我們。

[4]　喔是，湖南當地話，怎麼。

[5]　紙枚子，用草紙卷成的點煙工具。

上。長湖是以狹長的湖面而命名，整個湖面長滿了荷葉，荷花盛開，著名的湘蓮就出產在這裡。父親要大家休息一會，我們陶醉在荷葉的清香中，觀賞朦朧的荷塘月色美景。返回時，我們的竹簍已經滿載著鱔魚、青蛙，順手還捉到一隻爬到岸上乘涼的甲魚。我們這時已是饑腸轆轆，楊師傅早就為我們燒好了一鍋魚生粥，撒上碧綠的蔥花，讓大家飽餐一頓，此時，我們家的公雞開始頭鳴，預告新的一天來臨。

我在隔壁房間設計滾球機繪製圖紙時，父親特別感興趣，這時他也不怕寒冷了，常常是長時間站在旁邊觀看，有時他還會提出一些意見。我驚奇地問：「爸比，你也看得懂機械製圖？」父親自豪地笑著說：「我畫圖紙的時候，你還在穿開襠褲。」他很少這樣說俏皮話，此時，有一個他引以為豪的技術革新的事蹟讓他的神經細胞突然活躍起來。

風力水車是父親一生中最得意之作。我們在南檻堤過著田園生活的時候，父親注意到當地農民用來灌溉水稻田的水車非常落後。這種水車是腳踏驅動的，即費力，效率又低，而且當兩人一起踩水車時，要配合默契，搞得不好，就會踩空，把腳碰傷。父親是一個體恤農民疾苦的人，看到這種落後的情況，心中醞釀了一個利用風力驅動水車的方案。風力水車的設計、製圖、選材、加工都是由父親一手包辦的，父親的木匠功夫也是上檔次的，每一個零件到製作得相當精緻，可以說一絲不苟。工作得意時他會吹起口哨來，馬賽曲、費加羅婚禮，鬥牛士之歌隨著刨花飛揚。這種自得其樂的勞動即是一種身體鍛鍊，也是一種精神享受。一個多月後，第一架風力水車樹立在河邊上，美觀、堅實、實用。農

民看到河水嘩啦嘩啦地自動流入水稻田，又歡喜又驚奇，交口稱讚喜老爺賽神仙。後來周邊鄉鎮都來參觀仿造，「神仙水車」就普及開來了。喜老爺賽神仙的名氣也傳遍整個洞庭湖地區。

父親的午餐總是千篇一律的速食麵，他煮速食麵極其認真，加多少水，煮多少時間，什麼時候加調料，保溫幾分鐘，都有著不變的程式，他邊燒邊看著手錶，一秒都不差。吃起來發出謔嚕謔嚕的響聲，幾口就吃完了。休息片刻又回到沙發上。打開電視機看一會午間新聞。他歡喜看到節目越來越少了，出現那些蹦蹦跳跳，忸怩作態的庸俗節目，父親會咬牙切齒地罵著，狠狠地關掉電視機。父親對電視節目的反感情緒日益加深，最後連新聞節目也不屑一顧了，鬱鬱寡歡的他只有與回憶作伴。

在南檻堤的日子是父親回憶的甘泉，騎馬是他最喜歡的活動。家裡養了四匹馬，一匹白馬，一匹棕馬，一匹棕馬生的小棕馬，還有一匹就是父親最喜愛的阿拉伯紅鬃烈馬。這是隔壁的滕老爺從長沙買來的。這匹紅鬃烈馬高大健壯，威風凜凜，氣質高貴，一股桀驁不馴的神態，不是隨便什麼人能騎它的。父親第一次走近它時，它豎起雙耳，眼睛睜得圓圓的，嘴裡發出呼呼的嘶叫聲，四蹄不停地跳動，向靠近它的人示威。父親毫不畏懼，一手抓住馬韁，躍上馬背，雙腿緊緊地夾住馬鞍。這匹烈馬立即知道對手的厲害，頓時敬畏三分，它顛波了幾下，父親紋絲不動，它也就老老實實地服輸了。從此它看到父親就如看到老朋友一樣，搖頭擺尾，前蹄刨地，甚是親熱。

有一天，父親的一個朋友，名叫劉五少爺，到我家來玩，他見到這匹紅鬃烈馬，一定要騎它跑幾圈。父親警告他這是一匹很厲害的馬，勸他騎別的馬。劉五少爺是一個好強的人，並且在當地也是一個玩家，騎馬、打槍都會來兩下子，怎麼會在眾人面前表示膽怯，在他執意要求下，父親只好讓他騎這匹烈馬。這匹馬只認父親，一見到生人就嘶鳴示威。劉五少爺也不示弱，勉強騎到馬背上，屁股還未坐穩，就被馬用屁股一掀，摔下馬來。這一下跌得不輕，劉五少爺趴在地上，好久才緩過氣來。他氣得直罵娘，不是父親在，他肯定會掏出槍來斃了這匹馬。

　　父親從回憶中甦醒過來，他只感到光陰如白駒過隙，自己已經是一個瘦骨嶙峋的老人，往日的風采已成過眼雲煙，他只會以長籲短歎來宣洩心中的惆悵。夕陽西照，房間陰冷壓抑，父親的眼睛黯淡無神，沒有什麼東西能激起他的興趣。

　　一天，久違的電視機又響了起來，那是音樂聲。父親走到我的房間激動地說：「這是巴赫的音樂。」原來是中央音樂台播放德國愛樂樂隊演奏巴赫的音樂。父親一反鬱鬱寡歡的常態，變得虔誠、安靜、鬆弛，處在全心身投入的愜意狀態。

　　悠揚寬巨集的管風琴複調音樂，猶如從天堂流下來到汩汩清泉，洗滌著父親的靈魂。巴赫是一個虔誠的宗教徒，他的音樂表達對主的崇拜，描述世界的和諧美好。他以音樂與上帝對話，音樂成為通向天國的雲梯。父親感受到的就是這種沒有人間煩惱的和諧氣氛。

　　父親是一個無神論者，沒有任何宗教信仰。然而父親的祖母崇德老人是一個虔誠的基督教教徒，其言行必然會影響下一代，父親的潛意識裡早已播上了宗教的種子，父親在湖南鄉下體恤農民疾苦的行為，便是宗教最核心的東西──愛。巴赫那帶有宗教氣息的音樂有如沃土，愛的種子在其中自然會有久旱遇甘露一樣的感覺。

　　巴赫的作品充滿了18世紀德國現實生活的氣息，跳動著德國人民的脈搏，這正是巴赫音樂的靈魂所在。這在父親的心靈中產生了共振，他對工作的認真態度，一絲不苟的精神，按程式辦事的刻板，都和德國民族的素質一脈相承，音樂成了時空的紐帶，將心靈溝通於高雅的韻味上，尤其音樂中的巴羅克風格，更是滋潤著父親的心田，父親的精神為之一震，身心愉悅，那是很自然的事。

　　巴赫的音樂精神如此深刻、廣闊，其震撼力可以永遠銘刻在心。當父親彌留之際，這種精神是伴隨著他的，並愉悅地登上了去天國的雲梯。

聶崇永寫於2009年1月23日星期五

# 童年回憶

我和弟弟妹妹在湖南洞庭湖畔的小村庄南檻堤，后排左一是我

　　點點窩窩，牛屎三坨，貓嘰吃飯，老鼠唱歌，唱的什麼歌，唱的南門李大哥。大哥穿油鞋，二哥打赤腳，三哥抱子抱噠腳，啊喲，魚腦殼，燒成灰，醃臭腳。這是我的童年聽到的最有情趣的兒歌，是老保姆沈媽唱給我聽的，收錄了童年所有的美好記憶。

　　小時候我們住在洞庭湖畔的一個小村莊——南檻堤。那

是一個具有原始生態的田野，前面是一條河，後面是大片的農田，再過去就是洞庭湖的子湖——長湖，長滿了荷葉。夏季晚上乘風涼，是最迷人的時刻，天上繁星密佈，氣勢喧囂的銀河在頭頂上流過，似乎舉手可觸。大人們講鬼故事，是唯一的娛樂，嚇得我們這些小孩子晚上不敢一個人睡覺。

我和二弟坨坨（崇志）坐在一條石板凳上吃瓜子，咬了半天也沒有吃到一點肉，我們發急了，不約而同地尖叫了起來，並且把瓜子甩得一地，然後大笑起來。這是我最早的童年記憶，那時我4歲，坨坨3歲。我們住在洞庭湖大堤上的垸子裡（種福垸）的大伯家，我只記得大伯很嚴肅，小伯（大伯的夫人）很和藹，還有一個姓唐的用人，他的太陽穴上長了一個瘤，我們都叫他唐坨坨，他是大伯的出氣筒，大伯有什麼不稱心的事，就用手指觸著他的「坨坨」罵他蠢得像條豬，唐坨坨總是低聲下氣地忍受。後來我們又搬到離開大伯家不遠的房子住下，以前這是一個中藥鋪，是鍾先生開的店，他的妻子鍾先娘子，和我的母親很要好，她非常崇拜我的父親，那時父親是一個體態偉岸英俊的美男子。鍾先娘子的兒子鍾鄂華是我們的啟蒙老師，他知識淵博，常常講故事給我們聽，什麼比登堡、異禽，全是外國的故事，對我們說來，簡直是天方夜譚，我和坨坨用湖南土話編了一首花鼓調：「講起呢那個啊比登堡呢，講起呢那個啊異禽呀……」。

母親結交了附近鄰居的一些姑娘，鍾先娘子是一個，我還記得有一個叫麥姊的，還有張十老爺的幾個女兒，他們經常到洞庭湖裡去游泳，還遊到一個小島上偷農民種的西瓜。

那時她們受我母親影響，變成一群開放的娘們，嘻嘻哈哈、瘋瘋癲癲，在當地鄉下人眼裡，簡直是大逆不道。好在我家名氣很大，財大氣粗，誰也不敢說一聲不字，反而成為當地的一道靚麗的風景線。那時父親在做些什麼，我沒有什麼印象了，只記得有一次洞庭湖漲大水，河口處激流洶湧，有一個小孩被沖進水裡，大家圍觀驚呼，誰也沒有行動，只見父親一個飛躍，跳進河裡，以完美有力的自由泳，一手抓住孩子，救上岸來，至今我的腦海裡還像放電影那樣呈現出父親救人的義舉。

後來我們搬到南檻堤安家，說起來那還有一段驚險的經歷。時間可能在1943年春，日本兵經常騷擾洞庭湖一帶。一天晚上，大家都熟睡了，忽然聽到洞庭湖響起了槍聲，平時常有獵野鴨子的槍聲，父母親沒有在意。一會兒槍聲越來越密集，我們知道日本人來了，父親和母親還有用人沈媽胡亂地拿了一些東西，拉著我們兩個小孩子，在黑暗中慌慌張張地登上河邊的一條小木船，開了沒有多遠，大堤上火光閃耀，槍炮聲連天，還有子彈、槍榴彈在我們頭頂上飛過，我們的房子也起火燃燒起來。我們的船駛到一座橋下，有幾個人攔住我們的船，黑暗中看不清他們是什麼人，他們要求我們的船搭載一個從前線撤下來的傷兵，父親一聽是中國軍人，而且作戰受了受傷，救護他是義不容辭的。這個傷兵腿部被子彈射中，鮮血直流，父親連忙扯一條布頭給他包紮。那個傷兵講述了受傷的經過：這天晚上他和一個新兵一起在大堤上放哨，彷彿聽到湖面上有劃槳的水聲音，他關照新兵在堤上守候，自己下去偵察。湖面黑乎乎霧濛濛，什麼也看

不到，只聽到隱隱約約的劃水聲，他斷定是日本人來偷襲在
這裡的中國駐軍。他正準備返回時，堤上的新兵由於害怕，
在不斷地呼叫他，這要命的叫聲，會暴露目標的，他只好輕
輕地答應了一聲：「哎」，「呼」湖面上射來一槍，他只感
到腿上一麻，知道自己中槍了，乘疼痛還沒有發作，他快速
跑到駐軍的大隊部報告，於是雙方的兵在黑暗中接上了火，
相互胡亂射擊。他被幾個後勤兵護送到橋邊，於是就遇到了
我們的船。

我們在鄉下一個四面都是水的農舍避難，在種福垸的房
子燒掉了，而且那個地方不安全，經常有日本人來騷擾，父
母決定不回種福院了，在鄉下找一個僻靜的地方安家，有一
個我們叫他滕老爺的人，幫我們找到了南檻堤這個地方，父
母看了很滿意，就在這裡請當地農民蓋了一幢草房。雖說是
草房，與當地農民的房子比起來，可以算是豪華型的了，一
字平排四間房間，最東面對是廚房，往西過去一間是客廳，
再過去一間是孩子和用人的臥室，最西面的一間是父母的臥
室，後面建了一個文明廁所。鄉下人的廁所都是和豬圈並在
一起的，蛆蠅成群，又髒又臭，所以父母用的廁所可以算是
文明的了。

家裡人員除了我們以外，還有楊師傅、曾師傅他們負責
炊事工作，一牙子（彭海湘）負責養馬（父親有四匹馬），
沈媽負責家務工作，她信佛，吃素，纏小腳，是一個忠實善
良質樸的農村婦女，我們幾個小孩都依賴她，我們昵稱她為
「我媽」，鍾先娘子也住了過來（鍾先生病故），鄂華在寒
暑假也住在這裡，真是人丁興旺。

三三、四四也出生了，我們都成了一群野孩子，夏天，赤脯赤腳，成天野在外面玩，大小便不歡喜去文明廁所，寧願上蛆蠅成群的茅坑登坑，擦屁股也不用紙（奢侈品），隨手拿一塊泥土或石塊擦一下完事，有時也用稻草、竹片擦屁股，這已經算不錯的東西了。我們這還算文明的了，大部分的孩子都隨地拉屎，也不擦屁股，狗是清潔工，人一走，狗就把屎吃得精光。

這個地方雖然生態環境很好，衛生條件卻不如人意，中國農村文化落後，農民大都是不注重衛生，這裡瘧蚊特別多，瘧疾是常常見病，坨坨體質比較差，經常「打擺子」（瘧疾），熱天幾乎每星期都要發一次，家裡人都叫他「病殼子」，好在父親從長沙買來一些治瘧疾的特效藥「喹寧」，才使坨坨的病情有所控制。我身體比較好，也難免「打擺子」，因為人長得很瘦，家裡人都叫我「豆殼子」（長杠豆）。

母親在屋後面開闢了一塊菜地，養雞種菜，隔壁滕老爺的三個姑娘：冬姑娘、春姑娘、秋姑娘經常過來教我媽媽種菜，閒時，媽媽串門，和鄰居聊天，消磨時光；父親在這裡很活躍，騎馬是他最喜歡的活動。家裡養了三匹馬，一匹白馬，一匹棕馬，還有一匹就是父親最喜愛的阿拉伯紅鬃烈馬。這是隔壁的滕老爺從長沙買來的。這匹紅鬃烈馬高大健壯，威風凜凜，氣質高貴，一股桀驁不馴的神態，不是隨便什麼人能騎它的。父親第一次走近它時，它豎起雙耳，眼睛睜得圓圓的，嘴裡發出呼呼的嘶叫聲，四蹄不停地跳動，向靠近它的人示威。父親毫不畏懼，一手抓住馬韁，躍上馬

背，雙腿緊緊地夾住馬鞍。這匹烈馬立即知道對手的厲害，頓時敬畏三分，它顛波了幾下，父親紋絲不動，它也就老老實實地服輸了。從此它看到父親就如看到老朋友一樣，搖頭擺尾，前蹄刨地，甚是親熱。

有一天，父親的一個朋友，名叫劉五少爺，到我家來玩，他見到這匹紅鬃烈馬，一定要騎它跑幾圈。父親警告他這是一匹很厲害的馬，勸他騎別的馬。劉五少爺是一個好強的人，並且在當地也是一個玩家，騎馬、打槍都會來兩下子，怎麼會在眾人面前表示膽怯，在他執意要求下，父親只好讓他騎這匹烈馬。這匹馬只認父親一人，見到生人就嘶鳴示威。劉五少爺也不示弱，勉強騎到馬背上，屁股還未坐穩，就被馬用屁股一掀，摔下馬來。這一下跌得不輕，劉五少爺趴在地上，好久才緩過氣來。他氣得直罵娘，不是父親在，他肯定會掏出槍來斃了這匹馬。

有一天，一條黑狗來到我們家就不走了，這是一條很健壯的狗，渾身黑色，毛色光澤，只有眼睛上方有兩個白點，它對我們很親熱，我們給它取一個名字「小黑」，從此它跟隨著我們寸步不離保護我們。鄉下的狗很多，家家戶戶都有幾條狗，這些狗都很凶，要咬人（有些還是瘋狗），自從小黑來了，狗打起架來，都不是它的對手，野狗見到我們就夾著尾巴灰溜溜地躲開了，我們也就平安了。有一天，馬廄裡的棕馬，產了一頭小馬，長長的四條腿，蹦蹦跳跳，活潑可愛。小黑和它玩，它們就成了好朋友。冬天，我們愛睡懶覺，小黑和小馬常常闖進來，頑皮地用嘴掀開被頭，我們只好起床和它們玩，茫茫雪原，小黑在奔跑，全白一點黑，這

種原始的自然美景讓人心曠神怡。

父親喜歡在晚上到水稻田裡抓鱔魚、田螺、青蛙。每次他總是帶領我們幾個小蘿蔔頭去。我們打著火把，走在田埂小徑上，這時父親總是高興地吹著口哨，那是一曲節奏歡快的包格尼尼小步舞曲。明月當空，夜色如洗，蛙唱蟲鳴，我們一行人踏著優美歡快的小步舞曲節奏，心懷秉燭夜遊之趣，邊玩邊捉，一直走到長湖邊上。長湖是以狹長的湖面而命名，整個湖面長滿了荷葉，荷花盛開，香氣襲人，著名的湘蓮就出產在這裡。父親要大家休息一會，我們陶醉在荷葉的清香中，觀賞朦朧的荷塘月色美景。返回時，我們的竹簍已經滿載著鱔魚、青蛙，順手還捉到一隻爬到岸上乘涼的甲魚。我們這時已是饑腸轆轆，楊師傅早就為我們燒好了一鍋魚生粥，撒上碧綠的蔥花，加一些芫荽菜（香菜）讓大家飽餐一頓，此時，我們家的公雞開始頭鳴，預告新的一天來臨。

在這個小村莊，父親的威信不亞於關帝廟裡的關老爺菩薩。村民有什麼糾紛，總要告到父親這裡，由父親來主持公道。有一回，有一個名叫劉一鑽子的農民受到李保長的欺侮，和老婆一起到父親這裡來告狀，他哭訴道（帶點唱腔）：「他搶噠我的牛，打噠我的人，還要把我推到水裡頭。」他的老婆是湘鄉人，拿出當地的慣用手法，賴在地上耍潑皮，嚎哭道：「天阿公，救嗯啊！（我們）」父親把李保長叫來進行調解，要他把牛還給人家。李保長是地方一霸，說什麼也不肯。父親伸出鼓著圓滾滾的肱二頭肌的手臂說：「我們來拗手勁，誰輸了誰還牛。」這一下把李保長震儡住了，他連連搖手說：「我喔是（怎麼）敢同喜老爺拗手

勁，算我背時。」李保長只得把牛還給劉一鑽子。父親為了
表示感謝李保長的退讓，親自拿起紙枚子點火，請李保長抽
了一筒水煙。（在當地這是莫大的榮幸）

　　過年是這裡最熱鬧最有趣的時節，家家戶戶做糍粑，
糍粑放在炭盆上烘烤，不一會糍粑就發得像枕頭一樣，香氣
四溢，味道好極了。我們家還要殺豬（自己家養的），做臘
肉。大年三十那一天，客廳點起了氣油燈（平時點的是昏暗
的煤油燈、菜油燈），其亮度如同白晝，立即呈現出喜洋洋
的氣氛。年夜飯菜肴豐盛，小孩還可以喝一點白酒，父親和
楊師傅劃拳，「五金魁啊六六六……」好不熱鬧。晚上大家
都要守歲，通宵不睡覺。這時，大人們玩牌九牌賭博，小孩
也可以在旁邊押錢（過年三天大人允許小孩賭博），賭博的
滋味真夠刺激，玩了一個晚上都不覺得睏。

　　年初一早晨，第一樁事就是看枕頭底下的壓歲錢，父
母把紅紙包的壓歲錢放在我們的枕頭底下，看到紅紙包那種
驚喜是無法用語言來形容的。我們有了錢就可以賭博，可以
到小店裡買片糖吃。馬上最熱鬧的重頭戲就要開始了，鄉民
自己組織的花鼓戲班子，有舞龍燈、耍獅子、踩高腳、蚌殼
精戲等等，花頭經十足，敲鑼打鼓到每家每戶去賀新年。我
們是大戶人家，花鼓戲班子是不會錯過的，聽到鑼鼓聲，楊
師傅、曾師傅就開始放鞭炮迎接，小孩子們捂著耳朵衝著前
面，在鑼鼓喧天中，踩高腳的丑角在前面掀開序幕，接下來
就是精彩的舞龍燈，龍燈舞得像波浪那樣旋轉翻滾，看得眼
花繚亂，獅子舞也精彩，獅子搖頭晃腦，很是滑稽，最後是
蚌殼精演戲收場，演蚌殼精的是一個嬌小的姑娘，打扮得花

紅柳綠，楚楚動人，走在我的面前，行了一個屈膝禮，嬌聲嬌氣地向大家拜年，恭賀新禧。父母少不了給他們早準備好的紅包，於是，又是一陣鞭炮聲歡送他們離開。我們這些孩子尾隨在他們後面軋熱鬧，到下一家多看幾場戲，才戀戀不捨地回家，漸遠的鑼鼓聲仍然誘惑著我的心，一陣失落感油然升起，我莫名其妙地同情起那個跳蚌殼精的小姑娘，念念不忘她那嬌聲嬌氣的拜年聲，萌生出一種朦朧的初戀情感。

在南檻地和我們玩的小夥伴不少，最要好的有隔壁鄰居的細元伢子，還有村頭的運伢子，他是一個聰明能幹的孩子，眼睛閃著智慧的靈光，氣質不俗。然而他家很貧窮，母親死了，父親好吃懶做，他常常吃了上頓沒有下頓，餓著肚子和我們玩，我的母親非常同情他，經常拿些食物給他吃，他很有孝心，吃一點留一點，帶回家給爸吃。

我們這一幫野孩子主要的活動就是與河對面的孩子們開戰。這條河有一條一米來寬頻小泥土路，河水低的時候，路就露了出來，人們來往河對岸，都走這條小路。但是河對岸的孩子若走這條路，我們就用泥塊砸他們，他們也不示弱，也用泥回擊，於是一場激烈的泥土戰開始了，通常我們排成一字縱隊，雙方保持一定距離，相互扔泥塊，排在第一的人容易被擊中，被擊中的，鼻青眼腫，急忙退下戰場，第二個人就打頭陣。打頭陣的通常都是運伢子和細元伢子，尤其是運伢子，手勁好，泥塊扔得遠而準，打頭陣當之無愧，多數都是他，當然，受傷也多，為此經常被他爸打罵。我和坨坨、三三，四四基本上都是做後勤工作，提供彈藥，對傷患做一些護理工作，所以很少受傷。雙方孩子開戰的根源是什麼，是

什麼時候積怨的，誰也說不清楚，可能是上一代傳下來的。

還一種活動也蠻有趣的，那就是「拷浜」。河水淺時，我們選擇一處河灣，把出口處用泥堵住，然後大家齊心協力把灣內的水舀乾，不一會，一條條青黑色的魚背脊露出來了，在泥水裡掙紮，蹦蹦跳跳，這是最開心的時刻。在這個魚水之鄉，天天有魚吃，自己抓到的魚，吃起來味道更美。有時，我們也都水稻田裡拷浜，方法一樣，就是魚不多，有時還空手而歸。

我們成天野在外面玩，個個都變成了野孩子，都是七八歲了，應該到學校讀書了，當地沒有學校，父母親請來了一位姓唐的老師，名字叫令白，做我們的家庭老師，教室設在離家不遠的一個尼姑庵裡。唐老師以前是私塾老師，老派，教的是中國古典文學，寫毛筆字，背唐詩，還有文天祥的正氣歌，我們背得滾瓜爛熟，父母聽了很滿意。後來唐老師走了，父母又請來一個姓朱的女老師，她是長沙師範學校畢業的，新派，教我們西方文學，課餘時間她的另外一個女朋友和我們一起玩「London bridge falling down」遊戲，我們拉著手舉過頭，一面唱一面轉，然後突然把手壓下來，壓到誰，誰就要表演一樣節目，老師喜歡坨坨，老是壓他，他就背一首唐詩。我也被壓到過一次，我背了一首一去二三里，炊煙四五家，樓臺六七座，八九十枝花的詩。父母也都是新派，對朱老師的教育非常滿意。教了半年，她要離開我們回家結婚，別離時我們依依不捨，我們都哭了，拉住老師不放，跟隨著朱老師走了很長的一段路，長亭外，古道邊，送別終有時，我們回家心中難過了好長時間。

一天父母和彭師爺、劉師爺正在搓麻將，忽然外面響起鞭炮聲，還伴有歡快的鑼鼓聲，我們連忙跑出去看是什麼喜事這麼熱鬧，「日本人投降了！」村民興奮地高呼，這天是1945年8月16日，鄂華喊口號：「中國萬歲！」「蔣介石萬歲！」我們也跟著喊。記得前幾天我們就聽到美國飛機在日本廣島投放原子彈的消息，鄉下人紛紛議論，原子彈像雞蛋那樣大小，可以炸毀一座城市。想不到日本人這麼快就投降了。抗戰八年終於以我國的勝利結束了，沒有戰爭，交通也恢復了，父母考慮回上海了，一切準備工作做好後，我們終於踏上了去上海的歸途。回上海的人員除我們外，還有沈媽、鍾先娘子、一伢子，還有一個用人我們叫她「臼窩子風朱媽」，因為她臉頰上有一個凹坑，她是一個有心計的人，到了上海後就提出要加工資，被我母親辭退，聽說後來她到了臺灣。

　　最是難過別離時。我們先是乘船到草尾鎮，船離開時許多鄰居來送行，別離的難過之情難以抒懷的，最難過傷感的是那個「小黑」，它知道我們要一去不回了，拚命地要上船，旅途上帶狗是很不方便的，我們只能捨棄它，它嗚嗚地直叫，在岸上跟隨著我們的船跑，一直跑到河分叉處，沒有路了，它發出一聲淒涼的哀鳴，黯然默默地望著我們的船遠去，漸漸地「小黑」越來越小，最後消失在視野中，我們都傷心得哭了。

　　回憶往事結束在傷感之中，至今黑小那聲淒涼的長鳴還在我耳邊迴旋。

2014年10月8日

# 血彭時

## ▌童年時遇到一次趕屍的回憶

　　我走進了彭家村，漸漸放慢了腳步，我感到每跨出一步都伴隨著一個恐怖的回憶，尤其是一想到村西頭石屋裡的血彭時，仍是那樣毛骨悚然，不寒而慄。時間雖然過去了五十年，這恐怖的印象還是刻骨銘心，記憶猶新。我曾發誓說過，死也不再來彭家村，這個鬼地方險些要了我的性命。可是，當我這次旅遊來到張家界時，又情不自禁地想到彭家村

去看看，拜訪一下我童年的朋友——細伢子。

彭家村位於湖南湘西張家界地區，張家界天子山下有一個神塘灣，這是一個神祕莫測的原始森林，據當地村民說，這森林裡的老鼠大如小豬，還有兩頭蛇、異禽之類的怪獸，特別難以置信的是，每逢七月初七那天，可以看到七個仙女在雲霧中翩翩起舞，等等神奇傳說。彭家村就處在這座原始森林的邊上。

我十歲那一年，應表親鬍子伯伯邀請，來到彭家村度暑假。鬍子伯伯姓席，是當地的大戶人家，由於他留著長長的鬍鬚，我們都叫他鬍子伯伯。

席家大院隔壁是鬍子伯伯的管家彭師爺的家，他有一個兒子，名叫細伢子，我第二天就和他交上了朋友。細伢子是一個聰明伶俐的孩子，與我同年，他在私塾學校讀書，三字經背得滾瓜 爛熟，還知道不少自然知識，這一帶的花草樹木爬蟲飛鳥的名字和特性，他都能講得頭頭是道。他還是一個爬起樹高手，爬起樹來像猴子那樣靈活。當天他就爬上一顆銀杏樹掏鳥窩，抓到兩隻雛鳥送給我作為見面禮，作為回報，我送給他兩塊長沙特產片糖，我們的友情就這樣開始了。

我們常到村西頭的山坡上去玩，這個山坡與周圍陡峭的山石不同，它比較平緩，一條溪水從它的下面流向村前的一條小河，後來我才知道，這就是張家界風景名勝金鞭溪的源頭。涓涓流水清澈冰涼，石頭間還有一些小魚遊動。這一帶長有許多野葡萄、毛栗子，還有漫山遍野的粉紅色小花，模樣有點像牽牛花。細伢子叫它們為甜喇叭花。他採下一朵甜

喇叭花，放在口中一吮，讚口不絕地說好甜好甜。我也模仿他的樣子，吮著甜喇叭花，一滴清甜的花汁流入口中，真是爽口解渴。

山坡下麵有一間簡陋的石屋，細伢子說那裡住著一個名叫彭時的怪老頭，因為他力氣很大，村裡人家每逢過年過節總是請他幫忙殺豬。他殺豬不用幫手，嘴巴咬著鋒利的殺豬刀，一隻手抓住豬耳朵，一隻手抓住豬尾巴，把豬按在長凳上，然後一手按住豬頭，一腳踩住豬屁股，一刀往咽喉捅下去，狂叫的豬抖動幾下就咽氣了，豬血順著刀噴射出來，濺到他一身血，村裡人見他渾身血跡斑斑的模樣，都叫他血彭時。

血彭時這個名字，不但很怪，而且很可怕，我還沒有見到他就已經畏懼三分了。細伢子還告訴我，血彭時的正式身分是巫師，專門為死了人的人家做道場，哪家人家鬧鬼或出現什麼怪事，也請他去驅魔捉鬼。細伢子繪聲繪色地描述血彭時驅鬼的情景：血彭時身穿黑色道袍，頭戴道士帽，一隻手裡拿著一把寶劍，一隻手拿著一個攝魂鈴，直挺挺地站在客廳中間。他閉著眼睛口中念念有詞，一會兒他的魂就昏昏沉沉地進入了陰間，他一面舞著寶劍，一面搖著攝魂鈴，在每間房子裡走一遍，回到客廳後就清醒過來了，最後他畫了一張符，把它貼在門板上，說是鬼已被他趕出門外，有這道張天師的神符守護，什麼鬼怪都不敢進屋。完事後，血彭時看上去精疲力竭，坐下來擦汗喘氣，這時候，人家都尊稱他為彭師公，敬上紅糖生薑茶。等他一走，大家馬上議論開來，說他是鍾馗投胎。聽細伢子這樣一描述，我對血彭時的

第一印象就是兇惡可怕。

有一天，我和細伢子正在山坡上採甜喇叭花吃，忽然細伢子碰了我一下說：「快看，血彭時出來了。」我連忙朝小石屋看去，心臟被嚇得怦怦直跳。

血彭時長得人高馬大，遠遠看去，就像一個普通的農民，並沒有我想像中的那樣可怕。也許今天沒有人家請他去做法事，才閒在家裡。他見我們在山坡上玩，便朝我們這裡走來，走近時，才看清楚他的臉。他的臉粗獷威武，長滿了拉茬鬍子，充滿陽剛之氣，那黑中透紅的皮色，就像湖南的臘肉。最嚇人的是他頸上那條傷疤，就像一條蜈蚣爬在上面。細伢子說，血彭時本來是一個很厲害的土匪……

血彭時已經走到我們面前，他粗聲粗氣地問：「這伢子是從哪裡來的囉。」我躲在細伢子背後，瞥了他一眼，看到他那可怕的刀疤和歪扭的脖子，嚇得不敢回話。

「他叫富伢子少爺，是席老爺的親戚，從長沙來這裡度暑假的。」細伢子代替我回答。他真是一個精靈鬼，特意把「少爺」搬出來，表示自己有這樣一個少爺朋友而榮耀。血彭時聽說我是從長沙來的，頓時興奮起來，把我從細伢子背後拉到他面前，和顏悅色地問：「你姓麼子咯？」「姓聶。」我輕聲地回答。「湖南聶家，我曉得，赫赫有名。」不知道為什麼他對我們聶家特別有好感，硬是拉我們到他家去吃豬雜碎。

他的房子裡放著許多做道場的道具，東西堆放得亂七八糟。屋內充斥臭襪子、汗酸氣和燉肉香的混合氣味，薰得我們連忙逃到外面。門口有一個自搭檔涼棚，倒蠻風涼，我

們就坐在石凳上等待。不一會，血彭時端來一個大砂鍋，鍋內的豬雜碎還在沸騰。這是一種用豬內臟煮的大雜燴，裡面放了許多辣椒、大蒜、蔥薑、茴香，花椒，還有當地的土產紫蘇，香氣四溢。我和細伢子也不客氣，大口大口地吃了起來。味道鮮辣濃鬱，還伴隨一股麻辣香氣，直往鼻子裡衝，吃得我們眼淚、汗水、鼻涕直淌。以前我在洞庭湖畔的南檻堤老家吃過廚師楊師傅燒的魚雜碎，那也是當地的名菜，我覺得血彭時燒的豬雜碎更好吃。血彭時見我們吃得這麼歡，高興得露出從未有過的笑容，他倒了一碗酒，自斟自飲起來。

乘著高興和酒性，他講起自己的故事來。血彭時原先在長沙許克強部37軍33團內當一個連長，在馬日事變中，他抗命屠殺群眾，被撤職查辦，貶為士兵，被調到32師。這個師在湖南的名氣很不好，看見日本兵就逃，看見老百姓就抓壯丁，血彭時常流露出不滿的情緒，得罪了上級，被調到防守洞庭湖大堤的32師屬下的一個大隊部，駐紮在南檻堤一帶。這裡是一個險要地區，常有日本兵從洞庭湖上過來偷襲。他在一次日本兵偷襲的戰鬥中負傷，被當地的老百姓救走了。

他講到南檻堤時，這熟悉的名字使我忽然感到他似曾相識，心突然緊張得怦怦怦地直跳起來。面前的這個怪人「莫非就是他！」我的腦海裡浮現出五年前一個夜晚那驚心動魄的一幕。

1943年10月的一個夜晚，洞庭湖上響起一聲清脆的槍聲，驚醒了父母親。平時也常聽到農民偷獵野鴨子的槍聲，他們並不在意。不一會，響起了密集的槍聲，父母親這才驚

慌起來，知道日本兵又來偷襲了，急忙叫醒我和弟弟，胡亂地拿了一些東西，跑到河邊，登上早已準備好的木船，劃向內河的村莊避難。

槍炮聲越來越密集，耀眼的槍流彈在我們的頭上飛過，還不時地聽到可怕的子彈嗖嗖聲。我們估計大隊部的士兵與日本兵交上了火，不一會我們的房子著火，燃燒起來。

我們的船經過一座橋時，有幾個人攔住船，要我們帶上一個傷兵，這是義不容辭的事，父親毫不猶豫地讓那個傷兵上了船。那個傷兵就躺在我的身邊，他的腿部中了一槍，鮮血直往外冒，我嚇得直哆嗦。船上又沒有醫療器具，我父親只得用褲帶紮緊他的大腿，暫時止住了那嚇人的流血。

我們逃到一家認識的農家暫時住下來，對傷兵的傷口清洗消毒，敷上一些草藥，修養了一個星期，他說要歸隊就急匆匆地離開了。他連姓名都沒有留下，我們只叫他老總，番號是3289。臨走時，我父親還給他5塊銀元。

我打斷他的話問：「你是不是那個番號為3289的老總？」

血彭時驚訝地瞪著我，一把握著我的手興奮地說：「你就是那個救過我命的矗家伢子。」他一面感謝我父親是救命恩人一面講述那天和鬼子遭遇受傷的情景。

那是一個月黑風高的夜晚，血彭時和一個新兵在堤上站崗，幽暗的湖面發出陣陣波浪拍擊堤岸的聲音，血彭時感覺到那波浪聲中還摻雜著另外一種聲響，經驗豐富的他感到不對勁，便關照那個新兵在原地守著，自己到堤下面去探看一下。他慢慢地摸索前進，當他接近湖面時，隱隱約約地看見

湖面上有許多船的影子，並聽到輕輕的劃槳聲，血彭時立即
判斷這是日本兵來偷襲。正在他準備返回時，那個新兵可能
是害怕，壓低著聲音呼叫他的名字。這個要命的呼叫等於在
暴露自己的目標，這可把血彭時急壞了，為了讓新兵停止叫
喊，他輕輕地回答了一聲「哎」。這一聲「哎」卻暴露了他
在堤下面的目標，「乒」的一聲槍響，日本兵朝這個聲音方
向開了一槍。血彭時只感到大腿一麻，知道自己中彈了。為
了不再暴露自己，他沒有還擊，乘著疼痛還沒有發作，快速
跑到堤上。接下來就是大隊部的官兵接到血彭時的情報，倉
猝地與前來偷襲的日本兵交上了火，在黑暗中雙方胡亂地射
擊。當時場面非常混亂，也沒有人來管受傷的血彭時。那個
新兵叫了一個伙房兵，兩人架著血彭時撤向後方。經過一座
橋時，血彭時實在走不動了，便停下來休息，遇上了我們的
船，這樣他就上了我們的船。

　　今天的巧遇使我對血彭時產生了好感，不再害怕他了，
血彭時也對我特別熱情，不斷地往我的碗裡揀豬雜碎。我們
的話也多起來了。

　　血彭時說，他歸隊後，在一次戰鬥中又受了傷，於是就
退伍回到湘西的老家。在家裡沒有事幹，為了生活，他當上
了土匪。在湘西，幹土匪這一行的人很多，大多是貧窮逼出
來的。好多人一當上土匪，良心就變壞了，變得貪婪兇殘起
來，不過他說，他是一個劫富濟貧的有良心的土匪，從來不
濫殺無辜。

　　那時我還不懂什麼良心道德之類的抽象概念，只知道好
人壞人，我覺得血彭時是好人，並對他脖子上的「蜈蚣」感

興趣。

一提到那條傷疤，他眼睛充滿血絲，咬牙切齒地罵道：「這王八羔子，有眼不識泰山，竟敢襲擊老子。」他罵罵咧咧地說著那天的事。

他退伍回家的路上，口袋裡放著我父親給他的五塊銀元（他一直沒有捨得用），還有一些退伍費，不知他在什麼時候露了財，半路上就給一個土匪釘上了。進入湘西後，山路崎嶇，草木濃密，地勢兇險，給土匪有了下手的機會。

血彭時走得又熱又渴，便在一條小溪邊蹲下來用手捧水喝。土匪乘機從一塊怪石上面跳下來，手起刀落，往血彭時的後頸砍去。血彭時感到頸後一股冷風，急忙用手一擋，土匪的刀砍到他的手臂上，然後滑到脖子上，這樣就減緩了刀力，血彭時的頭才沒有被砍下，不過他的脖子也受了重創。血彭時畢竟是一個在戰場上與日本鬼子真刀真槍幹過的勇敢戰士，對待眼前這個小毛賊他毫無畏懼，他一手捂住脖子的傷口，一手奪過土匪的大刀，土匪見勢不對，慌忙往那塊怪石上爬去，血彭時毫不手軟，一刀往土匪的屁眼裡捅進去，把他的五臟六腑都掏了出來。

血彭時抓了一些羊齒草，放在口中嚼碎，敷在傷口上來止血，跌跌撞撞地來到彭家村。村民見他渾身上下都是血，後來便在他的名字前面加了一個「血」，這也是血彭時稱號來由的一個原因。當地的一個土郎中用縫鞋底的線給他的傷口縫了16針，留下了像蜈蚣那樣的傷疤。

血彭時用手摸著傷疤罵道：「這狗日的土郎中，他簡直是皮匠師傅，把老子的脖子當鞋底納，害得老子的脖子見不

得人，連堂客也娶不到。」我們笑得把口裡的東西都噴了出來。

　　窮鄉僻壤的彭家村沒有什麼娛樂活動，村民最大的消遣活動就是講鬼故事，這也就成了當地根深蒂固的鬼文化，把自然界和生活中的許多現象都和鬼聯繫在一起。

　　一到晚上，人們都會坐在屋前的坪地上乘風涼，這時，大人們就鬼話連篇，輪流講鬼故事。我又害怕又愛聽，總是擠在大人的腳跟間聽。一個名叫劉一鑽子的外鄉人，講僵屍鬼的故事，講得繪聲繪色，恐怖極了，嚇得我直往鬍子伯伯懷裡鑽。對我印象最深刻的是「四個人守靈」的鬼故事：當地有一個風俗，人死後第一天，必須有人在旁邊看守，也就是守靈。其目的是以防貓、鼠等動物在死人胸前跳過。他們說，如果有動物在死人胸前跳過，死人就會變成僵屍，活過來抓人。這是這個鬼故事的恐怖序幕。故事發生在守靈的晚上。這戶人家只有一個人守靈，此人即死者的兒子，膽小怕鬼，便花錢請了三個人來陪伴他。他們搓麻將來打發這可怕的漫長之夜。屍體放置在門板做的臨時床上。打牌時，主人坐在床板上，背對著屍體，其他三個人坐在桌子周圍。到了午夜，燭光漸漸昏暗下來，坐在屍體對面的人，偶然抬頭看到死人的手動了一下，他害怕了，又怕說出來把大家嚇走，於是藉口去小便離開了。等了好久那個去小便的人還沒有回來，坐在左邊的那個人，突然發覺死人的腳在動，他嚇得也不敢張聲，藉口去看看那個小便的人，也溜之大吉了。坐在右邊的人見兩人一去不回，感到有些蹊蹺，於是瞄了死人一眼，看到死人的上身在慢慢地抬起來，他嚇得魂不附體，也

藉口去找那兩離開的個人，慌忙逃離了。現在只剩下死者的兒子一個人背對著死人坐在那裡發呆，他突然感到屁股下的門板在嘎嘎作地響，回頭一看，那死去的父親已經變成了僵屍，坐起來了，嚇得他魂飛魄散，站起來就逃，驚慌中被凳子絆倒。那僵屍也站了起來，口中發出嗚嗚聲，向他走過來。這個被嚇得昏頭昏腦、神智不清的兒子一邊喊阿爸饒命，一邊圍著桌子轉。不一會腿發軟，跑不動了，被僵屍一把抱住，他眼睛一黑，昏死過去了。當他清醒過來的時候，第一眼就看到僵屍還在他身旁，又昏過去了，這樣來回折騰了好幾回，他才聽清楚「僵屍」在說話：「狗伢子啊，你阿爸沒有死，我不是鬼啊。」原來狗伢子的阿爸的「死」在醫學上叫假死，與昏死過去的人一樣，過一段時間會自動清醒過來的。村民無知，把這種現象加以渲染，便成了僵屍復活的鬼故事。

我最愛聽的還是村裡發生的那些真實事件的鬼故事。如最近一樁溺水事件，發生在彭大麻子的兒子身上，他名叫細元伢子，前幾天還和我一起玩過。他在家門前的池塘裡洗澡時，不慎溺水淹死。村裡人就說細元伢子是被落水鬼拖下水淹死了。落水鬼就是溺水而死的人變成的鬼，村裡有許多人在走夜路時見到過，他們描述這種鬼的模樣，渾身是毛，黑不溜秋的，躲藏在河流或池塘岸邊的草叢中，伺機拖人下水，這叫找替身，淹死一個人，它就能投胎轉世。這個故事很有鎮攝力，使得我們都不敢到河中去戲水了，這正合大人們的意。

還有一種鬼也蠻嚇人的，那就是血糊鬼。這種鬼是產婦

難產時死去的女人變成的鬼。當地沒有醫療條件，婦女生孩子靠接生婆助產，助產方法原始落後，遇到難產，產婦必死無疑。接生婆往往把責任都推到血糊鬼身上，說血糊鬼把這個產婦拉來當替身，自己好投胎轉世。這種鬼披頭散髮，渾身是血，手提一個裝滿污血的口袋，晚間遊蕩在荒郊野外，哪家有產婦生孩子，它就來了，站在產婦家窗外，指指點點施魔法，被血糊鬼纏身的產婦，必死無疑，村民絕對是信以為真，對血糊鬼又怕又恨。據說，村裡有一個二猛子，春心大發，晚上跑到一家產婦窗下，用手指捅破窗紙，偷看產婦來進行手淫，被這家的男人發現，誤以為是血糊鬼，用鋤頭活活地把這個二猛子打死。血糊鬼雖然嚇人，但它不會糾纏我們這些男人，所以我並不怎麼怕它。

最可怕的要算是吊死鬼，就是那種上吊自殺的人變成的鬼。彭家村三四十戶人家，每年都有幾起上吊自殺的事件，多數是婦女。有的在家裡懸樑自盡，也有的在野外懸樹幹自盡。這些上吊自盡死去的人，都有一個可怖的形象：披頭散髮，眼球凸出，口滴鮮血，村民稱其為厲鬼。此鬼找替身的方法更險詐，它化為陰魂，纏繞著那些生活不順心，憂鬱寡歡的人。吊死鬼索命的手法很毒辣，它會變成一根繩子，放在你面前，引誘你尋短見，這時無需懸樑上吊，只要把繩子放在自己的頸上比劃一下，此人的魂魄便被吊死鬼攝去，它就好投胎轉世了。這個故事在我的心理上產生一種鬼魅效應，凡是見到繩子之類的東西，就以為是吊死鬼變的，嚇得我不敢去碰它。

血彭時和鬼打交道的故事是村民們的熱門話題。哪家人

家死了人，馬上就傳遍全村，晚上講的鬼故事內容全都離不開血彭時。最令人毛骨悚然的是血彭時有一種趕屍術，可以把屍體站立起來，趕著屍體從一個村到另外一個村。他們把這種恐怖的事情說得有根有據，有模有樣，一些人還親眼見到過，而且許多地方都流傳著這種荒誕的故事，使人不得不相信這絕對是真實的事情。

　　彭家村的這種鬼文化，使細伢子也成了一個愛說鬼話的人。一到晚上，他更是鬼話連篇，狗哭（有時其叫聲酷似哭），他說哪家人家就要死人了；鳥獸的叫聲，他說是鬼唱歌；磷火，他說是鬼打燈籠；風聲，他說是陰兵過境，等等。害得我晚上醒來不敢去小便，有時整晚都提心吊膽，一聽到公雞叫我就不害怕了，我相信細伢子說的話，公雞啼叫是驅鬼的。

　　雖然細伢子張口不離鬼，但在我們玩耍時，他好像一點不怕鬼，常常在晚上拉我到荒郊野外的草叢中去抓蟋蟀。這裡的蟋蟀個頭不大，卻具有湘西人的兇悍性格，鬥起來不要命。鬥蟋蟀也是我們喜愛的一項活動。晚上捉蟋蟀比較容易，細伢子提著一盞桐油燈，小心翼翼地翻開草叢中的石頭，蟋蟀有夜盲症，它一動也不動，一抓一個準。我拿著竹筒子跟在細伢子後面，把抓到的蟋蟀放在竹筒子裡。山區的夜景深沉而寧靜，山石樹都隱藏在夜幕之中，猶如猙獰怪誕的幽靈。我總是膽戰心驚地到拉住細伢子的衣襟，緊緊跟在他後面，不敢離開半步，一直要等他抓夠了蟋蟀，才肯回家。

　　有一天晚上，我們抓蟋蟀走得比較遠，一直走到山坳那

邊。一出山坳便是村民所說的鬼怪出沒的原始森林。我有點害怕，提醒細伢子可以回家了，細伢子說這裡蛐蛐多，還要抓一會。山坳那邊吹來的風，特別陰涼，即使是大伏天，吹到身上也會感到一絲寒意，我不禁打了一個冷戰，緊張地貼在細伢子身邊。忽然，從山坳那邊傳來一陣小鑼聲，還伴有輕微的鈴鐺聲，這淒涼的聲音，穿過黑夜，漸漸朝我們這裡過來。細伢子對這個聲音很敏感，他緊張地一把拉住我說：「快找個地方躲起來，媽媽告訴過我，晚上走路聽到鑼聲，一定要遠遠地躲開，不然要背時的。」這到底是什麼怪異的事情？好奇心驅使我們想看個明白，我們躲在路邊的一塊大岩石後面，靜靜地等候。

那神祕的鑼聲和鈴聲越來越近了，只見有兩個人影從山坳那邊走了過來，看得出鑼是前面那個人敲的，跟在後面的那個人，走起路來有點怪。等他們走近時，在月光下，可以看清他們的形象，前面那個人穿的是黑色的長袍，後面的那個人穿的是白色的喪服，頭戴無簷帽，一張辰州錢紙插在前額的帽子裡，擋住眼睛，神態怪異。「這是麼子鬼咯？」我用顫抖的聲音問道，細伢子緊張地搖搖頭，暗示我不要出聲。驀地，我認出了前面那個人就是血彭時，他神態莊重，表情肅穆，腰間繫著一個攝魂鈴，手中提著一個小陰鑼，有節奏地敲打著。再注意後面那個人，他身體僵硬，腳腿筆直，走起路來像雀跳。天啊！這分明是一具僵屍。血彭時趕屍的故事讓我們撞見了，這可是就在眼前的活生生的事實啊。我們驚駭得不停地顫抖，倆人緊緊地靠在一起，埋頭閉眼，不敢看那個在我們面前走過的僵屍。血彭時趕著僵屍漸

漸走遠了，那毛骨悚然的小陰鑼的當當聲還在耳邊回蕩，我們彷彿從噩夢中驚醒過來，拔腳往家裡狂奔。這一夜，我不敢單獨一個人睡，硬拉著細伢子和我睡在一起。

自從看到血彭時趕屍的可怕情景後，我們再也不敢到村西頭的山坡上去玩了，偶爾在村裡的路上遇到血彭時，我們也趕忙躲開，生怕被他抓去，變成僵屍趕著走。

彭家村怪事也多，村南頭的一個人家發生了上吊自殺的事件。聽大人們議論，吊死鬼是彭拐子的堂客（老婆）。她是天子山那邊的人，嫁過來後生了三個女兒，分別叫大姑娘、二姑娘、小姑娘，因為沒有生兒子，婆婆很不滿意，經常數落她，彭拐子也動不動就打罵，她一時想不開就尋短見了。聽說，生前曾囑咐過三個女兒，要把自己的遺體葬到家鄉的土地上。又聽說，彭拐子已經請血彭時到他家去做道場辦喪事。這幾天大人們老是在神神祕祕地交頭接耳，我們做小孩的又不敢多問，反正我感到村莊裡又要發生什麼可怕的怪事了。

細伢子是消息靈通人士，他在我耳邊輕聲說：「富伢子，我已經打聽好了，血彭時今晚要到彭拐家去做道場，我們去看看他到底怎樣和吊死鬼打交道。」他好像又恢復了往日的膽量。我還是很害怕，血彭時趕屍的恐怖陰影仍籠罩在我的心上，吊死鬼也是我最害怕的，實在是有些膽怯。但是我又怕他笑我膽小，失去那我身為少爺的面子，再則，也很想親眼看看血彭時做道場的場景，我想，那時一定有許多人來看熱鬧，人多可以壯膽，於是我就答應了。

這次血彭時給吊死鬼做道場是在晚上進行的，大人不許

小孩在晚上去看那些死人的場面，怕小孩的魂被鬼攝去。我們謊稱去抓蛐蛐，偷偷地溜到村南頭，乘人不注意，預先爬上了彭拐子家門口的一棵苦李樹上，躲在密茂的樹葉中間，靜等血彭時來臨。

彭拐子家大門敞開，我們可以看到屋內的情景，客堂中間放著卸下來的門板，上面直挺挺地躺著那個吊死的女人，一塊白布罩在她的身上，腳下放著一盞桐油燈，燈草燃燒出一個昏暗是光圈，忽明忽暗，陰森壓抑，彭拐子和三個女兒守在遺體旁哭哭啼啼。等了好久，血彭時還沒有來，奇怪的是，村裡人一個人都沒有來看熱鬧，只有我和細伢子兩個人躲在樹上乾等。樹下有個糞坑，臭氣熏得我們頭昏腦漲，我們有點撐不住了，想下來休息一會。忽然，屋裡傳來一陣喧鬧，客堂內人影晃動。「血彭時來了！」細伢子激動地說道。也不知道血彭時是什麼時候進屋的，道場已經開始了。他身穿黑長袍，頭戴道士帽，手搖攝魂鈴，口中念念有詞。三個女兒跪在地上哭泣，彭拐子不斷地燒錢紙。這樣搞了半個多時辰，彭拐子領著三個女兒遵照血彭時的指示進到後間迴避，血彭時熄滅了油燈，室內一片黑暗和寂靜，只有月光斜照在罩屍布上。不知道血彭時在黑暗中施了什麼魔法，那條罩屍布動了起來，它緩緩地滑到死人腳下，我彷彿看到死人站了起來。此時，萬籟俱寂，時空凝滯，恐懼緊緊地揪住我的心，我死死地抱住樹幹，渾身顫抖。突然，當的一聲鑼響破門而出，這猝不及防的聲響，有如霹靂，衝擊神經，差點把我們驚下樹來。

恐怖的場面接踵而來，驀地，那個吊死鬼蹦出門外，

她一身白喪服，額頭上貼著一張辰州錢紙，雀跳般地蹦著，血彭時敲打著小陰鑼跟在後面，臉色鐵青，神態陰森兇惡，其模樣真像畫上的鍾馗。那個吊死鬼好像裝了彈簧似的，一蹦一蹦地直向苦李樹蹦過來，同時，我還感覺到有一股陰風襲來。細伢子嚇得尿褲子了，我們靠得很近，他的尿順著我的腿往下流，我也憋不住了，也尿起褲子來。此時，吊死鬼已蹦到苦李樹下麵，慘澹的月光照在死人的臉上，我清楚到看到她那可怖的厲鬼嘴臉，比村民在鬼故事裡描述的還要可怕，更嚇人的是這個死傢夥還發出噓噓噓地毛骨悚然的怪聲。我驚恐萬分，手腳麻木，肌肉僵硬，神志晃惚。突然，樹頂上一隻老鴉哇地一聲怪叫，撲打著翅膀飛起。這雙重的驚駭把我嚇得失去了知覺，只覺得眼前一黑，一頭栽到樹下的糞坑裡。

當我醒過來的時候，發現周圍一片潔白明亮，原來我睡在長沙湘雅醫院的病床上，媽媽坐在床邊，眼睛都哭紅了，見我睜開了眼睛，臉色轉憂為喜，旁邊的醫生護士都樂了。媽媽說我在病床上昏迷了七天七夜，口中胡話不斷，什麼血彭時啊吊死鬼啊……，醫生說這是過度驚駭引起的症狀。過了幾天，鬍子伯伯來了，他告訴我，那天晚上我從樹上掉下來，破了血彭時的法術，他趕的屍體倒地後，再也站不起來了，為此，他賠給這家人家一大筆錢。因為這是我闖下的禍，鬍子伯伯主動承擔賠償責任，把錢還給血彭時，他說什麼也不肯收，還為我招魂，每天晚上對著東方喊道：「富伢子，回來啊！」另外又做了一個裝有我的魂魄的泥團，要鬍子伯伯帶來放在我的枕頭邊，說是這樣能讓我的魂魄回歸身

體，可以早日恢復健康。我看到這個髒兮兮的泥團就不舒服，當天就把它扔了。

鬍子伯伯在我病床邊像講故事一樣，把關於血彭時趕屍的事情一五一十地講給我聽。

湘西人的風俗，總希望自己死後，把遺體葬在家鄉。由於當地山路崎嶇難行，無法運送屍體，便有人發明瞭趕屍術。這種趕屍術是古代傳下來的。中國古代醫術有十三科，其中有個祝由科，為巫術，以祝禱治病，能起到移精變氣，起死回生的功效。後來發展到死人身上，只要人剛死不久精氣尚未散盡，巫師利用這種特異功能，使屍體精氣還陽，以氣功啟動屍體，靠慣性推其行走。這種祝由科巫術流傳至今，現在只有在湘西貴州山區一帶尚存。血彭時幼年失去雙親，由一老道帶到深山中修行習武，也許就在這個時候老道傳給他這種趕屍術。他的名聲很響，湘西一帶的人都知道他會趕屍行當。他的功夫很深，一次能驅動幾具僵屍。在趕屍途中，不能遇到行人，否則就會使法術失效，所以他們都在夜晚行走，並敲鑼告示晚間走路的人，要他們回避一下，當地人都知道這種信號，決不會冒失衝撞行屍，而且，也不會去觀看血彭時對屍體施加巫術他們認為不吉利的場面。行屍怕陽光，一聽到雞啼聲，血彭時就要找旅店歇腳，當地旅店也接待這種趕屍的人，不過，屍體要豎在門背後。在湘西，你到人家門背後去張望，那是犯忌的，湖南有些農村也有這種禁忌。

鬍子伯伯不斷安慰我，說這些行屍不是鬼，而是血彭時施的魔法，來寬慰我的心，消除我心理上的恐怖陰影。然

而，那吊死鬼的可怖形象，在我心中是永遠抹不掉的。次年夏季，湘西老家來人，帶來了細伢子的口信，要我再到彭家村去度假，我連連搖手說，死也不再去那個鬼地方。

今天，我又走進了彭家村，這個村莊還是老樣子，記得細伢子屋門前有一株高大的銀杏樹，在那裡我找到了他的家。我們相見都不相識了，他呆呆地望了我好一會，才驚喜地叫了一聲富伢子。我們又到村西頭的山坡上故地重遊，那裡，我們愛吃的小甜花沒有了，已種上了莊稼，小石屋也成了看守莊稼的人住的地方。我當然不會忘記讓我又害怕又崇敬的神祕人物血彭時，問起他，細伢子臉上浮起一絲恐懼神色，他說血彭時死了，死於一次趕屍途中，不知什麼原因，他趕的僵屍突然緊緊地抱住他不放，把血彭時嚇得半死，回家後一病不起，不治而亡。

2008年10月

# 從煉獄裡出來的人

原載〈現代家庭〉2000年12月號
陳蘇

　　聶崇永騎著沒有牌照的助動車穿行在喧囂的街道上，和那些忙碌疲憊的中年人毫無二致。只有當翻開他那發黃的家譜，你才會發現，他的姓聯繫著中國近代史上的好幾個顯赫的人物。

　　他的姓氏註定有著太多的榮耀和磨難。他還未降臨到人世，他的前輩已經創立了顯赫的家業。他的曾祖父聶緝槼精明能幹，成了曾國藩的乘龍快婿，娶了曾家六小姐曾紀芬。他又被左宗棠看中，在李鴻章大辦洋務之時，他被任命為上海機器製造局會辦，繼而升為上海道台，後又任浙江巡撫，並創立了恒豐紡織總局，即後來著名的恒豐紗廠。聶崇永的伯祖父聶雲檯子承父業，在上海大辦實業，先後創辦了大中華紗廠、大通紡織股份有限公司、華豐紡織公司……1920年，被擁戴為上海總商會會長。聶崇永父輩這一代，大都出國留洋，他父親則負笈東瀛……。

　　童年的記憶遙遠而朦朧。聶崇永聽母親說，曾祖父生了12個子女，祖父是第七個，為七房。那時他們這個大家庭住在遼陽路一幢氣派的花園洋房裡。聶崇永為七房長子，年邁的曾祖母非常喜歡他，時常抱他逗樂，還給他取了一個小名

叫「富子」。童年時最難忘的是隨父親轟光堯在湖南洞庭湖畔生活的那段日子。父親那隨口吹出來的口哨：舒伯特小夜曲、包格尼尼小步舞曲……伴隨著他們度過那無憂無慮的田園生活。夜晚的鄉村蛙唱蟲鳴，父親會帶著孩子們在月光下到水稻田裡捉黃鱔和青蛙，有時還會踩上一隻爬在田埂上乘涼的甲魚，他們也會順手牽鱉，這都是飯桌上的美食。父親還是一個天才的畫家，信手塗幾筆，一個個形態生動的卡通人物躍然紙上，幾個男孩都興奮不已，這大概就是他們兄弟最早的繪畫啟蒙和藝術薰陶。抗日戰爭勝利那一年他們又回到了上海。金秋季節正值表妹10歲生日，這是他們最高興的一天，轟家百來個親戚歡聚在紹興路的豪宅裡，舉辦盛大的生日party。大人們在大廳裡跳舞，轟崇永和堂兄妹們在花園裡玩官兵捉強盜的遊戲，玩倦了就到二樓的放映廳裡看卡通片。

1949年，周圍的世界發生了天翻地覆的變化，轟崇永還是一個不諳世事的13歲少年。他只覺得快樂的時光不再有了，父親因不願隨聯合國駐上海辦事處到美國而失業。轟崇永的父母都不是會理財的人，很快就落到連飯也吃不上的窘境，一家人喝了一星期粥。母親整天繃緊著臉，和父親的爭吵越來越頻繁，最後直至鬧到離婚。轟崇永和三個弟弟跟著父親，母親則帶著兩個最小的弟妹。

到了60年代，他們的生活每況愈下，轟家的私營產業被宣佈為敵產，明令沒收。文革開始，轟家自然是首當其衝的查抄對象，轟家的各家各戶都被翻個底朝天。歷次運動的衝擊，使轟家的長輩膽戰心驚，囑咐兒孫，轟家後代千萬不

要再做官！但老人的先見之明還是沒能使自己的後代免遭厄運。當時的轟家兄弟都是血氣方剛的年輕人。那時轟崇永在裝卸機械廠當技術員，由於他畫得一手好畫，廠裡的宣傳畫都是他畫的。他的人緣特別好，在大字報滿天飛的動亂年代，廠裡一千多號人，唯一沒有遭到大字報攻擊的就是他。然而，天天在揪「階級敵人」的恐怖氣氛中，又眼看著自己的好幾個親友被隔離審查，一種不祥之兆縈繞在他的心頭。

1968年1月22日，廠裡又開批鬥會了，這是一種人人自危、令人膽戰心驚的階級鬥爭大會。工宣隊突然宣佈：「把我們廠裡隱藏最深、偽裝得最好的反革命揪出來！」緊接著，轟崇永被兩個彪形大漢架著，乘「噴氣式飛機」被揪到臺上。他立即被暴風驟雨般的批鬥淹沒了，隨後被隔離審查，一個月後送第一看守所關押。

這突如其來的驚變，他的家裡人還一無所知。妻子不見丈夫回家，抱著5個月的兒子，冒著寒風到廠門口打聽，聽到這個晴天霹靂消息，當即昏倒在地。

在看守所，轟崇永遇到了王若望和鬱達夫的侄子郁興治，他們都是樂天派。儘管犯有「口腔科」之罪，他們還是不改口若懸河的個性，談天說地，使他暫時忘卻了煩惱。王若望安慰大家說，我們這些口腔不乾淨的人都會得到寬大處理，小轟一定是我們中最早出去的。他們還約定，出去以後每年5月1日，大家在復興公園門口等，不見不散。這個歷史之約，一直延續了十年。

一個月後，轟崇永被押回廠裡宣判。滿懷寬大希望的他，萬萬沒有料到等待他的是一紙逮捕令。他被加上現行反

革命的罪行判刑七年。這個宣判如五雷轟頂，這個單純的年輕人怎麼也無法把自己與這個可怕的罪名聯繫在一起。這意味著他的一生都被斷送了。

他被押進了上海提籃橋監獄。一個月後，妻子抱著當時才五個月的兒子來探監，柔弱的她淚水滿面，欲言又止。她的父母兄弟都是黨員，本人是老師，家庭好單位對她的期望很高，現在實在頂不住家庭和單位的壓力，只能作出和丈夫離婚的決定。看著妻子原本清秀現在變得憔悴蒼白的臉盤，他的心在顫抖。離婚的抉擇無疑在撕扯他的心，畢竟他們美滿的婚姻生活剛過了一年多，新房的每一寸裝飾都融入他的心血，現在都將失去，他不知如何支撐著自己在黑暗的牢房中活下去。然而，他明白不能連累心愛的人，他狠下了心，在離婚協議書上簽了字。此時，只有嚎啕大哭才能發洩心中的鬱悶，可是，周圍都是犯人，他們都是幸災樂禍之徒，在他們前面哭，將永遠抬不起頭，被欺侮的日子那更是苦上加苦。他只能強忍著眼淚，裝出一副若無其事的樣子，度過那非人的生活。

初進監獄的日子是最難熬的。在「對階級敵人決不施仁政」的極左政策下，提籃橋監獄的生活是常人無法想像的。由於犯人太多，監房暴滿，原先只能住兩個人的監房，現在擠進四個人。這三平方米的監房，擠得啪啪滿。聶崇永是新到的犯人，自然睡著最差的地方——臉緊挨著馬桶。半夜，他常常被帶有臊味的「毛毛雨」淋醒，還不能有半點怨言，只能蒙頭忍受。伙食的差劣、生活的單調還不說，內心的痛苦更是難以用言語表達。但聶崇永憑著達觀和堅韌，在那個

非人的地方堅持了下來。後來他到監獄的工廠勞動改造，他把全部精力放在工作上，不分晝夜地幹，用他那富於想像力的頭腦，搞出了許多技術革新，還放棄休息時間畫畫、寫文章出黑板報，宣傳犯人要自強、自尊、自愛的精神，深得管教隊長的重視，被提升為犯人的召集人（相當於學習組長）。回想起來，這居然是聶崇永今生所當地最大的官了。

1976年，他刑滿出獄。前妻捎來口信，想和他見上一面。聶崇永永遠難以忘懷那個早春的黃昏，他們在靜安公園門口相見了。一別七年，當年還在襁褓中的兒子已經七歲了，長得虎頭虎腦，非常可愛。可是他對這個陌生的父親一點不親熱，只是模模糊糊地叫了一聲爸爸。聶崇永抑制不住內心的激動，在兒子的臉上親吻了一下。前妻已再嫁，生活並不順心。當天她聲淚俱下，悔莫當初。她帶來一些零星衣物，言不達意地交給了聶崇永，此刻，聶崇永真想擁抱她，安慰幾句，但是他理智地克制了自己。他知道破鏡已經難以重圓了。

1978年，聶崇永獲得了平反，重新回到原單位工作，已是四十出頭的人。在熱心人的穿針引線下，他和一位在街道工廠工作的姑娘相識了。這位姑娘名叫項雯娟，外貌雖沒有前妻那樣白皙漂亮，內在是一個賢慧大度的好人。他們結婚了，經歷了風雨坎坷的他，只希望有一個平靜安寧的港灣。

婚後不久，他們有了一個兒子。那時，項雯娟在描圖社工作。有一次，她帶回一張同事從外國雜誌上剪下來的滾球機平面圖，同事都知道她丈夫是一個心靈手巧的工程師，希望他說明他們設計製造出自己的滾球機。於是，夫妻倆挑燈

夜戰，聶崇永設計，妻子描圖，半年後滾球機研製出來了，他們用這筆報酬買了好幾樣家用電器。

然而，幸福的日子總是短暫的。就在夫妻倆共同描繪新生活之際，厄運降臨到他妻子頭上。她得了尿毒癥。對於這個生活剛剛有所轉機的家庭來說，這無異於晴天霹靂。從此，他們開始了在家和醫院之間的漫長生活。

她住進了醫院，通過不間斷地做腹膜透析來維持生命。做腹膜透析最怕感染，一感染就可能致命。有一次她的大腦和五臟六腑都感染了病毒，人事不省，生命垂危，中山醫院的醫生都斷定她沒救了，要家屬準備料理後事。可是聶崇永沒有失去救妻子的信心，他聽說人參花有排毒功能，便到藥房買了一些，熬成湯，死馬當活馬醫，給她服了下去，晚上，她開始腹瀉，惡臭的糞便像噴泉般沖了出來，噴了他滿頭滿臉。他毫不嫌棄，不停地為她擦洗，折騰了一夜，竟用去了五刀衛生紙。第二天，她神志清醒了，竟然奇跡般地從死神手裡掙脫回來了。

為了減少感染和節約醫藥費，聶崇永在家裡搭了一間一平方大小的隔離室，天天用紫外線消毒，讓妻子回家治療。這種病毒用藥量大得驚人，每月都要用卡車去裝。項雯娟的單位是一個街道小廠，很快就被如此巨額的醫藥費拖垮。一家人商量再三，項雯娟的全家人集資，開了一個煙雜店，貼補她的醫藥費。妻子的病時好時壞，這是一場耗時長久、沒有盡頭的搏鬥。病痛的折磨使原本溫柔的妻子變得暴躁易怒，聶崇永不但要以堅韌的毅力和超常的耐心伺候她，還要照顧牙牙學語的幼兒。不管人有多累，心有多煩，他的臉上

都得始終保持著微笑。這種搏鬥，比在監獄裡需要更強的意志力。

那時，聶崇永經常利用工作的午休時間，急匆匆地騎自行車往返於浦東和中山公園附近的長征製藥廠之間，化驗他妻子的腹透液。那年夏天，天氣特別炎熱，氣溫高達42度，他騎著自行車在融化的柏油馬路上疾駛，汗水浸透了他的全身。烈日很快又把汗水烘乾，他就像一條曬乾的鹹魚。妻子見了心痛地說，我還不如死了好。

聶崇永實在太累了。他渴望休息，哪怕僅僅片刻也好。有時騎車時，他見前面路段沒有行人和車輛，便閉上眼睛休息一小會兒，就是這短短的幾秒鐘，也是一種享受。後來騎自行車打瞌睡竟成了他的習慣。這個危險的習慣差點要了他的命。有一次，他的瞌睡比平時多了幾秒鐘，等他睜開眼睛，車子已在十字路口，一輛計程車橫向駛來，吧他撞到半空中。此時，他只有一個意識：我不能死！在落地的一剎那，憑著他學生時代的體育功底，來了一個側滾翻，避過了腦袋著地，卻落了個髖骨骨折。在病床上躺了三個月。

多年的折騰，使他本來就沒有多少積蓄的他一貧如洗。妻子的醫藥費是一個無底洞，小小的雜貨店也難以為繼。在這個家庭又一次面臨絕境之時，他遠在比利時的三弟來信，讓他畫一些水墨畫試銷國外。他們幾個兄弟從小都喜歡畫畫，雖然沒有受過正規訓練，國畫油畫都能來兩下子。想不到，聶崇永的水墨畫在比利時大受歡迎，尤其是他畫的工筆小貓暢銷比利時，他自嘲地說，比利時家家戶戶都有我的「貓」。從此，他的國畫源源不斷地寄往海外，還參加了一

些畫展，「貓」還獲得受大眾喜愛的金獎。同時，他為少兒出版社寫作，發表了好多篇故事作品。他畫畫和寫作，即使為了彌補經濟，更是為了尋求寄託。長期面對一個病人的苦楚是難以言說的，他必須始終保持良好的精神狀態，才能支撐這個慘澹的家。

妻子和病魔的抗爭，終於到了最後的時刻。1997年2月，維持她生命的最後措施「血透」也無效了，她終於得到暸解脫。轟崇永也終於可以鬆口氣了。項雯娟的病史是一個奇跡，和她同時患病的人，早已都離開人世。

現在已經退休的轟崇永在上海西區有一套一室一廳的房子，門口有一個小天井，他種了不少花草，悠閒自樂。對於妻子，他問心無愧；對兒子，他卻有深深地愧疚。這麼多年來，他實在無暇顧及兒子。兒子從小就很少享受家庭溫暖和父母的愛，也沒有人操心他的學業。兒子沒有考取大學，現在待業在家。19歲的人就感到人生的黯淡。父子之間的話越來越少，兒子的前途是他最大的心事。

在轟崇永六十多年的人生中，真正的婚姻生活加起來只有三年。現在，他要獨自支配餘下的時間，畫畫、教畫、寫作，自得其樂。他的髖骨已經壞死，走路瘸得厲害，不能像以前那樣跳舞登山，但他不會放棄生活的信念。他正在實施一個宏偉的計畫，寫一部關於宇宙的科普文章：《宇宙猜想》，據他說，這是一部對宇宙起源最完整的科學邏輯猜想，為了寫好這部書，他攻讀各類科學著作，歷時20來年。憑他那永不言棄的韌性和想像力，我相信他會成功的。

在這繁華的都市里，轟家後代就這樣生活在我們身邊。

**國家圖書館出版品預行編目**

悲喜人間 / 聶崇永著. -- 臺北市：獵海人，
  2018. 07
    面； 公分
  ISBN 978-986-96227-6-9(平裝)

857.63                      107009973

# 悲喜人間

**作　　者**　聶崇永
**出版策劃**　獵海人
**製作銷售**　秀威資訊科技股份有限公司
　　　　　　114 台北市內湖區瑞光路76巷69號2樓
　　　　　　電話：+886-2-2796-3638
　　　　　　傳真：+886-2-2796-1377
**網路訂購**　秀威書店：https://store.showwe.tw
　　　　　　博客來網路書店：http://www.books.com.tw
　　　　　　三民網路書店：http://www.m.sanmin.com.tw
　　　　　　金石堂網路書店：http://www.kingstone.com.tw
　　　　　　讀冊生活：http://www.taaze.tw

出版日期：2018年7月
定　　價：260元